Bohumil Hrabal, geboren am 28. März 1914 in Brünn, ist am 3. Februar 1997 in Prag gestorben.

Der tschechische Schriftsteller Bohumil Hrabal erzählt eine zauberhafte Geschichte von seinen Katzen, zu denen neben Renda, Sägemüller, Mohrchen und vielen anderen auch Autitschko gehört, »mein Kätzchen mit den weißen Söckchen und den rostroten Flecken«. Seine Katzen brauchen ihn, und er kann sich ein Leben ohne sie nicht vorstellen, er ist ihnen »Vater und Geliebter zugleich«. Aber eines Tages haben sie sich so vermehrt, daß er nicht anders kann, als den Nachwuchs zu töten. Gewissensbisse verfolgen ihn nun, das Gefühl der Schuld und Schande machen sein Leben zur Hölle, woraus ihn erst ein Autounfall erlöst, den er als Sühne für seine Missetat begreift.

insel taschenbuch 2766

Bohumil Hrabal

Die Katze Autitschko

Bohumil Hrabal
Die Katze Autitschko

Erzählung
Aus dem Tschechischen
von Karl-Heinz Jähn
Mit Illustrationen von
Hans-Jörg Brehm

Insel Verlag

Umschlagfoto: IFA-Bilderteam

insel taschenbuch 2766
Erste Auflage 2001
Insel Verlag Frankfurt am Main und Leipzig

Vertrieb durch den Suhrkamp Taschenbuch Verlag
Umschlag: Elke Dörr
Druck: Nomos Verlagsgesellschaft Baden-Baden
Printed in Germany

1 2 3 4 5 6 – 06 05 04 03 02 01

Die Katze Autitschko

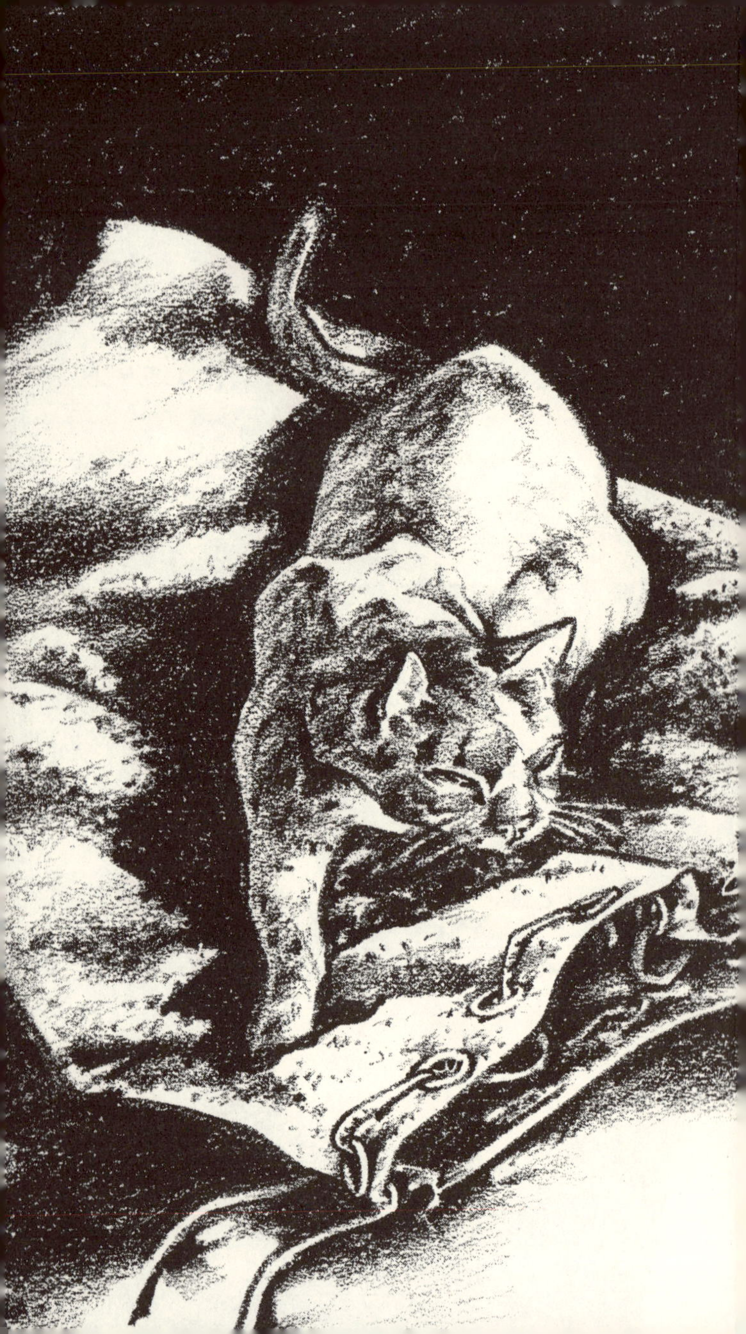

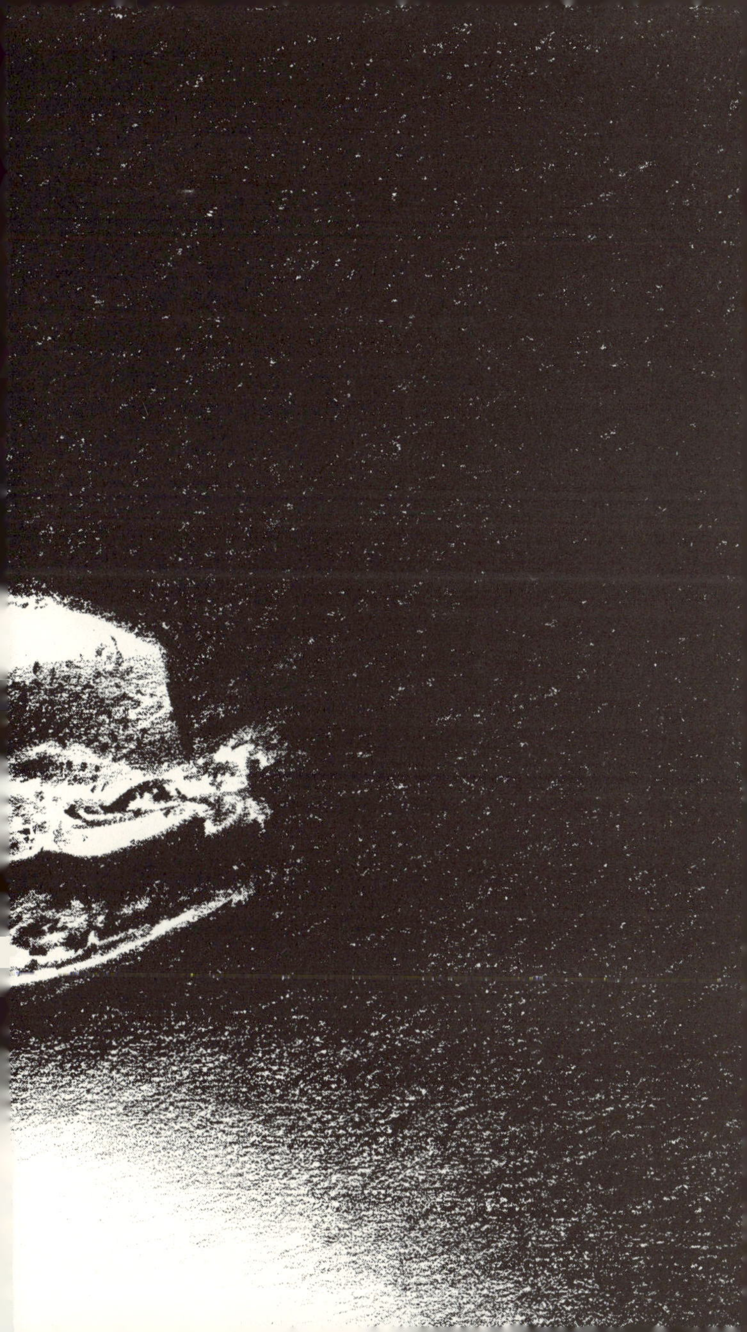

1

Kam meine Frau uns übers Wochenende besuchen, dann seufzte sie, wo sollen wir nur mit all den Katzen hin? Ich tröstete sie, aber du weißt doch selbst, wir haben auf einmal fünf Katzen, und im Frühjahr verschwinden sie alle, eins kommt nicht heim, wir laufen bei Nacht herum und rufen, doch das Kätzchen zeigt sich nicht, dann das zweite, das dritte, zuletzt bleibt uns nur eins, bis auch dieses wegläuft und nicht mehr wiederkehrt ... Doch sobald meine Frau die Tierchen sah, lamentierte sie weiter: Wo sollen wir mit all den Katzen hin? Doch selber freute sie sich auf den Morgen, auf das Erwachen, wenn ich aufstand, die Tür aufmachte und die fünf Jungkatzen in die Küche hereinließ; erst schleckten sie zwei Teller Milch leer, und dann krochen wir alle wieder ins Bett, und die Katzen kamen und wärmten sich in den Federn. Drei Katzen steckte ich immer meiner Frau ins Bett, auf die Pritsche, und so ruhten wir zusammen mit den Tierchen, die zufrieden einschlummerten. Renda, Sägemüller und Mohrchen waren immer bei meiner Frau, und bei mir lagen die beiden Kätzchen mit den weißen Söckchen und dem weißen Brustlatz, das schwarze Kätzchen hatte ich Mohrchen getauft, und das getigerte Katerchen war das Söckchen. Am liebsten war mir aber Mohrchen, nicht sattsehen konnte ich mich an ihr, und sie hatte mich so gern, daß sie fast ohnmächtig wurde, wenn ich sie auf den Arm nahm und an meine Stirn drückte und ihr süße Liebeserklärungen ins Ohr flüsterte, ich hatte etwa das Alter erreicht, wo man nicht mehr in eine schöne Frau verliebt sein mochte und konnte, schließlich hatte ich schon eine Glatze und Falten im Gesicht, doch die Kätzchen liebten mich so, wie mich die Mädchen geliebt hatten, als ich jung war, meinen Kätzchen bedeutete ich alles, ich war ihnen Vater und Geliebter zugleich. Am meisten zugetan war mir aber das Kätzchen mit den weißen Söckchen und dem weißen Brustlatz, das Mohrchen. Sobald ich sie ansah, schmolz sie dahin, wurde sie ganz demütig, und ich mußte sie auf den Arm nehmen, worauf sie für einen Augenblick das Bewußtsein verlor unter dem Ansturm von Gefühl, das von mir zu ihr und von ihr zurück zu mir strömte, und dann stammelte ich vor Glück. Diese Morgen, da die fünf Katzen zu uns ins Bett schlüpften, diese Morgen waren unser Familienglück, die Katzen waren unsere Kinder. Jeden Morgen jedoch, wenn sich die Katzen aufgewärmt hatten, wenn sie sich von der Nachtkühle erlöst fühlten, begannen sie mir nichts dir nichts, grüppchenweise oder alle auf einmal, sich zu balgen, übereinander herzufallen, sie konnten an den Gardinen schaukeln, sie rannten und wetzten hin und her, immer wieder bufften ihre Köpfchen gegen Schrank und Stühle, eine halbe Stunde lang tobten die Katzen durch die Küche, warfen unsere Kleider und Wäschestücke von den Stühlen, sie schleppten aus der Küche Handtücher herbei, zerrten und rissen an den Schuhen und Pantoffeln, sausten unter die Zudecke und kämpften dort im Dunkeln weiter, rollten sich zu Knäueln zusammen, alles, was auf dem Tisch stand, schubsten die Katzen herunter ... Ungefähr dreißig Minuten hielt diese meschugge Stunde vor, bis die Katzen japsten und erschöpft, mit hängenden Zünglein, auf den grünen Teppich niedersanken, sich auf den Stühlen lagerten, sich gegenseitig beleckten, einander mit langen Zungen strichen, wiederherrichteten, einander das Pelzchen an Hals und Kopf putzten. Dann schlummerten sie wieder ein und seufzten süß ... Dieses Ritual der meschuggen Stunde wiederholte sich jeden Tag. Nur wenn es draußen regnete und kühl wurde, wenn es zu schneien begann, wenn sich die halbwüchsigen Kätzchen zu Katern und Katzen gemausert hatten und ich machte morgens die Tür auf, dann wollten alle Katzen sich erst einmal wärmen, wollten Milch trinken, und gab es Frost, dann schmiegten sie sich an den Ofen, machten die Hälse lang und wärmten sich ihre Katzenköpfe, bis diese nur so dampften. In der Winterzeit wurden alle Katzen ernst, sie hatten Angst: Was, wenn ich nicht käme? Meist schliefen sie auf der Terrasse, im Heu oben unterm Dach, von da, vom Obergeschoß aus hatten sie den Waldweg im Auge, der von der Chaussee herführte, und kam ich mit dem Autobus und watete durch den Schnee, dann fiel mir an einem bestimmten Punkt des Weges die Terrasse ins Auge, das offene Rechteck unterhalb des Dachbodens, wo sich Katzenöhrchen aufstellten und Katzen heraussprangen, ich sah ihre Füßchen die hölzernen Stufen herablaufen, sah sie mir entgegeneilen, mich umschmeicheln ... Stets nahm ich eine nach der anderen in den Arm und küßte sie unterm Hälschen, und sie drückten sich an mich, da ich ihnen die Freude gemacht hatte, sie nicht zu vergessen, ich schloß den Gang auf, wo das Wasser im Eimer gefroren war, ich schloß die Kammer auf, und die Tierchen drängelten sich hinter den Ofen, rasch heizte ich ihn mit Holz an und wärmte erst hinterher die Milch für sie, oft war in der kleinen Küche das Wasser in der Waschschüssel gefroren ... Eine halbe Stunde später aber waren Ofen und Ofenrohr schon warm, die Katzen schleckten die Milch und lagen wieder mit gestreckten Köpfen am Ofen, lange wärmten sie sich so, erst nach einer Stunde erschlafften sie, verteilten sich auf den Stühlen und drusselten ein, nachdem ich ihnen Fische geschnitten, nachdem ich ihnen Fleisch gegeben, nachdem ich ihnen Käsestückchen hingebrockt hatte. Dann erst schrieb ich meine Texte, die Maschine ratterte, ich mußte mich beeilen, nie hatte ich Zeit für die stilistische Reinheit eines Textes, ich mußte schnell schreiben, um mich den Katzen widmen zu können, denn alle, mochten sie auch mit geschlossenen Augen daliegen, sahen mir durch den Lidspalt zu, es tat ihnen wohl, das Rattern der Schreibmaschine zu hören. Nach einem Schreibstündchen zog ich mir die Pelzjoppe an und ging hinaus, um mir im Winterwetter die Beine zu vertreten, die Tür ließ ich angelehnt, falls die Katzen auf ihr Laubklo wollten, für die Nacht stellte ich immer eine Waschschüssel mit Sand bereit, damit sie austreten konnten, wenn ich im tiefen Schlummer lag, denn die Katzen sprangen, egal ob ich schlief, alle erst einmal vom Stuhl und gingen zur Tür und miauten leise, meistens hörte ich es, und so stand ich wiederholt in der Nacht auf, um die Kätzchen hinaus und auf ein Miauen wieder herein zu lassen, wischte ihnen, wenn es regnete, die Pfötchen mit einem Handtuch ab, denn alle fünf Katzen schlüpften gegen Morgen, wenn das Feuer erlosch, zu mir ins Bett, als hätten sie sich verabredet, jede hatte ihren Platz, mir zu Häupten jedoch lag Mohrchen, sie allein hatte das Recht, dicht neben meinem Kopf zu liegen, die anderen lagen an meinen Füßen, schmiegten sich an meinem Rücken ... Und bevor sie einschliefen, seufzten sie wohlig, stöhnten, schnurrten leise und rollten sich dann zusammen, und wenn uns heiß war, lagen sie auf dem Rücken, die Köpfchen hintenübergelegt, in malerischen Positionen, manchmal war auch ihr Bäuchlein verschwitzt, möglicherweise ließ sie auch der schreckliche Gedanke schwitzen, was aus ihnen werde, wenn ich nicht wiederkäme. Ich fuhr nämlich auch mit dem Auto zu den Katzen, allerdings nur bei

Schönwetter. Und saß ich im Auto und fuhr ich ein bißchen zu schnell, dann nahm ich sofort das Tempo zurück, denn was geschähe mit den Katzen, wenn ich einen Zusammenstoß hätte? Nur Traktoren und Lastwagen und langsam fahrende Autos überholte ich, denn was würde aus meinen Katzen, wenn ich beim Überholen verunglückte? Deshalb nahm ich den Autobus, wenn Glatteis war und wenn Schnee fiel und wenn es regnete, denn so hatte ich die Garantie, anzukommen und meine Katzen zu trösten. Und auch im Bus, wenn ich mich ganz vorne hinsetzte, plötzlich der Gedanke: Wenn nun der Bus verunglückt, wer wird die Katzen füttern? Und sogleich suchte ich mir einen Platz mitten im Bus, immer auf dem Sprung, falls etwas passierte, mich in die Richtung zu werfen, wo die Unfallgefahr am geringsten war, denn wer gäbe sonst meinen Katzen Milch? Und mußte ich nach Prag zurück – schon wenn ich mich anzog, wurden meine Katzen unterwürfig, traurig, Mohrchen, die etwas von einem Chaplin an sich hatte, wollte mich aufheitern, hüpfte herum, schoß Kobolz und blickte mich an, ob mich das wohl vom Weggehen abbrachte, und ein andermal rauften gerade zwei Kater, als ich mich anzuziehen begann, sofort hörten sie auf, jeder legte sich auf seinen Stuhl, so manierlich legten sie sich nieder, als wollten sie brav sein, nur damit ich nicht wegfuhr, oder ich sollte fahren und sie hier im Haus lassen, dafür wollten sie auch artig sein, alle miteinander machten sie mir vor, wie artig sie dann wären, nur um nicht hinauszumüssen, doch sie mußten hinaus, ich packte sie nacheinander und kippte sie über die Schwelle, wie Fische glitten sie mir aus den Händen, ich schloß ab, ich war unglücklich, so unglücklich wie meine Katzen, ging den schmalen Pfad zwischen den Fichten hinab, trat durch die Pforte auf die Allee hinaus, und drehte ich mich ein letztesmal um, dann sah ich jedesmal das gleiche Bild und erschrak jedesmal dabei. Durch die Staketen, in jeder Zaunlücke ein Katzenkopf, blickten mir fünf Katzengesichter nach mit dem Wunsch, der nicht zu erfüllen war: ich solle kehrtmachen, und wir säßen alle wieder am warmen Ofen in der Kammer ... Und in Prag, wenn ich wieder mal fertig war, wenn ich nicht mehr schreiben konnte und mich von Entgleisungsgefühl und Angst nicht loszumachen wußte, wenn ich ganz allein war, dann passierte es mir, daß ich in den Autobus sprang und während der einstündigen Fahrt durch das verschneite Land Ängste ausstand, ob die Katzen wohl noch am Leben wären, daß mir die Knie wankten, wenn ich ausstieg und die Allee entlangging, und liefen mir dann alle Katzen entgegen, nahm ich eine um die andere in die Arme und drückte sie an meine Stirn, und es war, als heilten mich diese Katzenpelzchen von meiner Verkaterung und Schwermut, immer wieder drückte ich sie, und sie wußten das und drückten sich an mich, und ich heizte den Ofen und verteilte Fleischhäppchen und goß ihnen Milch ein. Und Mohrchen, unter all diesen Katzen wußte sie genau, was sie mir bedeutete, ihr war die Ehre zuteil geworden, von mir am meisten geliebt zu werden, in ihren Augen fand ich stets so viel Verständnis, daß es mich erschreckte. Ich war glücklich, sie zu haben, mit ihr ein Geheimnis zu teilen, das uns verband, und sie saß auf dem Tisch und guckte mich an, ich beugte mich vor, und sie stupste mich immer wieder, legte mir den Kopf in die Hand, ihr Köpfchen paßte genau in meine Handfläche, und ich litt bereits Qualen, weil ich wieder nach Prag zurückmußte, weil ich abends eine Lesung hatte und weil ich wieder die Katzen nacheinander packen und an die kalte Luft befördern müßte, hinaus ins feuchte Laub, in die Einsamkeit, ich sah, daß auch die Katzen voller Angst waren, daß bald der entsetzliche Augenblick eintrete, da wir Abschied nahmen, da sie wiederum fürchten mußten, ich könne nicht wiederkommen, ich könne sie ihrem Schicksal überlassen, und ich fürchtete auch, man könne sie mir totschießen, sie könnten, wenn auch sie es nicht mehr aushielten, mir entgegenlaufen und an der Bushaltestelle von einem Auto überfahren werden. Und um mich von meinen Qualen zu erlösen, begab ich mich zwar zu meinen Katzen, drückte sie mir wie ein feuchtes Taschentuch gegen Kopfschmerzen an die Wange, ging am Ende aber doch wieder die Allee zurück, mußte mich wieder umdrehen, und wieder guckten mich durch die Zaunstäbe die Katzenaugen an, fünf Katzenköpfchen sahen mir so lange nach, bis ich zur Bushaltestelle abbog, und im Autobus dann verschanzte ich mich in meinem hochgeschlagenen Kragen, versenkte ich mich in mich selbst und fragte mich vorwurfsvoll, wie ich diese rührenden Tierchen nur habe verlassen können, auf die ein feuchter Abend wartete, eine kalte Nacht, wo sie, aneinandergeschmiegt, ihren Atem in Pfötchen und Pelzchen bliesen, sich gegenseitig wärmten und sich träumend fragten, ob ich wohl wiederkehrte, und wenn, dann möglichst bald, denn die Kerskoer Winternächte sind lang, selbst für die Menschen unendlich lang. Manchmal zermürbte mich das so, daß ich mir wünschte, es gäbe weder mich noch die Katzen. Nur am Wochenende, wenn meine Frau und ich bei den Katzen waren, nur die beiden Tage in der Woche, da ich hier in dem Häuschen in Kersko schlief, waren wir alle glücklich, doch die Tiere wußten, daß Sonntag war, daß wir am Nachmittag abfuhren, schon ab Mittag waren sie bedrückt, jeden Nachmittag, wenn wir bei ihnen in Kersko waren, wußten die Katzen Bescheid und warteten nur darauf, daß ich mich aufs Kanapee legte und zudeckte, denn das war ihre Siesta, da sie sich eine wie die andere zu mir legten, unter die Decke, dicht unters Kinn ... Am Sonntag hingegen wußten die Tiere Bescheid, vergebens legten sie sich aufs Bett, sie wußten, daß wir in Kürze abreisten und daß die Freude ein Ende hatte. Damals erfuhr ich, daß jeder Jäger, der eine Katze im Wald schoß und ihr dann den Schwanz abschnitt, für jeden vorgewiesenen Katzenschwanz dreißig Kronen erhielt. Ich erschrak, wenn irgendwo ein Schuß krachte, stürzte schnell nach draußen und rief und zählte meine Katzen, ob nicht eins von ihnen auf der Erde lag, während der Jäger ihm den Schwanz abschnitt. Und damals erfuhr ich auch, daß Leute durch das Land zogen, Katzengreifer genannt, die Kätzchen und Katzen und Kater aufkauften, alles einfingen, was herrenlos war und sich fassen ließ, um es für fünfzig Kronen pro Stück an wissenschaftliche Institute in Prag zu verkaufen, wo man den Tieren dann ein Zählgerät in den Kopf rammte, das tickte und die Impulse und Bewegungen in ihren Gehirnrinden registrierte. Doch das hätte ich besser nicht gewußt, mir reichten schon die Schüsse, und jetzt zermürbte mich der Gedanke, eine meiner Katzen werde nach Prag gebracht und sterbe eine Woche später mit einem Zählgerät im Kopf, denn keine Katze hält derlei wissenschaftliche Versuche und Forschungen aus. Wie oft erwachte ich in der Frühe und wußte, daß ich nicht mehr schlafen konnte, denn ich hatte ein nebelhaftes Gefühl, das sich zu einem Ticken verdichtete, eine immer noch barmherzige Vision, also stand ich auf und schaffte die Armbanduhr, die ich stets in einen Schal einwickelte, da ich das Ticken des Sekundenzeigers nicht ertrug, schaffte die Uhr samt dem Schal in die Küche und legte den Schal hinter die Töpfe im Küchenschrank. Aber hatte ich mich hingelegt, hatte ich mich zu meinem Bett zurückgetastet und hingelegt, vernahm ich nach einer Weile, den Handrücken auf der Stirn und die Augen im matten Licht der Straßenlaterne zur Decke gerichtet, wieder ein Ticken, doch das kam nicht von draußen, sondern aus meinem Kopf, und ich spürte, daß auch mir ein Zählgerät in den Kopf gerammt war, das tickend die Impulse meines Gehirns festhielt, meines Pulses, und ich wußte, das in den Katzenkopf gerammte Gerät in dem wissenschaftlichen Institut würde so lange ticken, bis ich aus Barmherzigkeit vorzeitig wahnsinnig wurde oder bis ich starb. Anstelle meiner Katzen ertrug ich diese Vorstellungen und Bilder, diesen grauenhaften Gedanken, was meinen Tieren zustoßen könnte, und erst recht meinen Kätzchen, wenn diese von den wissenschaftlichen Katzengreifern aufgekauft oder weggefangen wurden. So erschrak ich für alle Katzen und Kätzchen, denen das Unglück widerfahren war, von den Jägern gepackt und in den Käfig zu den Uhus gesteckt zu werden, wo die Tierchen den Augenblick abwarteten, da der Uhu Hunger bekam. In diese Tierchen habe ich mich oft hineinversetzt, in die Katzen, in die Kätzchen im Uhukäfig, und wenn ich nicht schlafen konnte, wurde ich von Visionen wie diesen samt Tasterlebnis heimgesucht. An einem Wintersonntag da rollte vor unser Haus ein Auto, Leute stiegen aus und teilten mir mit, nachdem sie eingetreten waren, ihr getigerter Kater sei auf tragische Weise ums Leben gekommen, und sie hätten gehört, daß wir fünf Katzen besäßen, deshalb hätten sie gern einen getigerten Kater von uns gehabt. Kaum wurde die Frau unseres Katers Renda ansichtig, da sagte sie, wenn sie nicht gesehen hätte, daß ihr Kater von einem Auto überfahren worden sei, dann hätte sie den unsrigen für ihren gehalten. Und in meiner Verblüffung hinderte ich die Frau nicht daran, meinen Renda hochzunehmen und fortzutragen, ich kam nicht einmal mehr dazu, die Frau zu fragen, ob sie einen Garten habe, ob sie auf Urlaub fahre, ob sie das Tier auch so gern haben würde wie wir ... Damit fuhr Renda davon, er drückte sich an die Frau, als schmiegte er sich an mich, und wir alle waren an diesem Tag betroffen, alle waren wir so verbiestert, daß wir nicht nach Prag fuhren, zu groß war die Lücke, die Renda hinterließ, denn Renda hatte nie gespielt, ein schöner Bursche war er, größer als die anderen heranwachsenden Kätzchen, und Renda hatte sie behütet, auf sie achtgegeben und war sozusagen ihr Anführer gewesen, was Renda tat, das taten auch die anderen Kätzchen, und nun fuhr Renda weg, und ich kriegte Fieber und wanderte auf dem Grundstück umher und beschimpfte mich, wie ich nur Renda hatte weggeben können, diesen Kater, der niemals spielte, der nie raufte, sondern immer nur die Pfote wie einen Marschallstab hob und so den anderen befahl, das Raufen zu lassen, dieses Katerchen hatte ich aus dem Haus gegeben, mochte die Frau auch behaupten, sie seien Fleischer und Renda werde Leber und Milch bekommen und sie würden ihn so liebhaben wie den anderen, den das Auto überfahren hatte.

2

Als wir auf diese Weise alle den Winter hinter uns gebracht hatten und das Frühjahr kam, fand sich bei uns ein kleines getigertes Kätzchen ein, und das war trächtig, genau wie Mohrchen, die beiden Kätzchen liebten einander, und weil sie trächtig waren, folgten sie mir, wichen sie nicht von meiner Seite, wo ich ging und stand, da waren auch sie, ich stolperte über sie, doch das machte ihnen nichts aus, Hauptsache, sie waren bei mir, sahen mich mit verliebten Augen an, und ich wußte, die Kätzchen wünschten sich meinen Beistand, sobald ihre Stunde da war. Mein Nachbar Herr Eliáš baute mir ein Vogelhäuschen, eine scheinbar sinnlose Futterstelle, er nahm ein altes Radio, entfernte das Innere, schlug die Vorderwand heraus, holte sich ein kurzes Brett, in das er einen Pfahl einpaßte, und trieb den Pfahl vor den Fenstern in die Erde, gleich neben dem kaputten Zaun. Und jeden Tag, da ich herkam, um meine Katzen zu besuchen und um zu schreiben, streute ich Haferflocken und zerbröselte altes Brot und streute es den Spatzen und Meisen ins Vogelhäuschen, manchmal zeigten sich sogar Eichelhäher. Und mir graute bei der Vorstellung, die Katzen bekämen Junge, ich stand Ängste aus, sie könnten sie in meinem Bett werfen wie die

Máca, ich wußte nicht, was ich mit soviel Katzen anfangen sollte, ich verging bei dem Gedanken, jede Katze kriegte vier Junge, denn dann müßte ich sie ersäufen, nicht alle, zwei Junge würde ich jeder von ihnen lassen, doch um die Henkersarbeit käme ich nicht herum, um die ich schon in Nymburk nicht herumgekommen war, niemand wollte die Jungen ertränken, und so mußte ich es tun, ich, der die Katzen liebte, deshalb war ich es, der sie auch zu beseitigen hatte, denn nur einmal hatten wir alle fünf Jungen leben lassen, und als sie herangewachsen waren, da hatte sie keiner haben wollen, und so gab es bei uns daheim so viele Katzen, daß wir über sie fielen, und schließlich wollte es der Teufel, daß vier von den fünf Katzen Weibchen waren, und die kriegten übers Jahr ebenfalls Junge, und darüber waren wir so unglücklich wie meine Frau, die jedesmal, wenn sie zum Wochenende nach Kersko kam, klagte: Was fangen wir mit all den Katzen an? Meine Frau kochte fast den ganzen Tag für die Katzen und gab ihnen Milch zu trinken, doch das Schlimmste war, die Katzen hielten sich am liebsten in der Küche auf, und die war voll Katzengeruch, ich war schon so an die Tiere gewöhnt, daß ich überhaupt nichts spürte, doch wer auf Besuch kam, schnupperte sogleich, denn die Katzen erledigten ihr Geschäft nicht nur in der sandgefüllten Waschschüssel, sondern manchmal auch in einer Ecke der Küche, der Kammer, und hatten sie Durchfall, dann erledigten sie ihr Geschäft, wo es sie überkam, und meine Frau war der wandelnde Vorwurf, sie wollte schon keine Bettlaken mehr waschen, wollte keine Häufchen mehr vom Spannteppich beseitigen, also tat ich es, an jedem unserer Wochenenden wischte ich, zuerst mit einer Papierserviette, dann mit einem feuchten Scheuerlappen herum, manchmal gingen mir die Nerven durch und ich schrie alle Katzen an, jagte sie raus, oft schlug ich eins sogar. Eines Tages, ich saß gerade und schrieb, da ließ eine Katze, statt an der Tür zu miauen, plötzlich das schauderhafte Geräusch sich entleerender Eingeweide hören, ich lief rot an vor Wut und packte das Kätzchen und prügelte es durch, ja, es gab Augenblicke, da ich es auf die Schwelle setzte und mit einem gewaltigen Fußtritt in hohem Bogen in den Wald beförderte. Die anderen Katzen warteten nicht erst ab und nahmen Reißaus, manchmal schämten sie sich, fühlten sich schuldig, und ich ließ das Schreiben und hatte Mitleid mit ihnen, ich konnte nicht schreiben, wenn ich eine Katze geschlagen hatte, die ich liebte, ein Tierchen getreten, das mir alles bedeutete, meine Katzen, die ich zuweilen aufsuchen mußte, urplötzlich überkam mich der Wunsch, sie zu sehen, und ich fuhr nach Kersko und hob sie hoch und drückte sie an die Stirn, damit sie mir die Angst und die Bangigkeit nähmen ... Und ich schämte mich, ging hinaus, und oft dauerte es einen ganzen Tag, bis ich mir die Tierchen wieder geneigt gemacht hatte, bis wir versöhnt waren, bis ich sie aufforderte, nach

Hause zu kommen, doch sie schämten sich noch mehr und trauten sich nicht, das Haus zu betreten, aus dem sie mit einem Fußtritt hinausgejagt worden waren, aus dem ich sie vertrieben hatte, denn Katzen können sich nicht nur zutiefst schämen, sie können auch nicht so schnell verzeihen, wie ich ihnen verzieh. Also übernachtete ich nicht mehr in Kersko, ich schrieb nur meine Sachen fertig, fütterte die Katzen und ging zum Bus oder setzte mich ins Auto. Und immer blickte ich mich um, hielt an und sah erneut die Katzen zwischen den Zaunlatten, ihre Köpfchen waren so traurig, daß ich Gas gab, in den Bus sprang, ja, ich fuhr lieber mit dem Bus, denn wenn ich die Kätzchen verließ, dann mußte ich sehr aufpassen, daß ich vor Aufregung nicht im Graben landete mit dem Auto, daß ich vor Aufregung nicht die verkehrte Richtung nahm. Seltsam, wenn ich mit dem Auto zum Wochenendhaus fuhr, wenn ich schon beim Wald von Kersko war, wenn ich mich dem Punkt näherte, wo es zur Waldallee abging, dann sah ich, noch ehe ich einbog, von den benachbarten Grundstücken, aus den Nachbarsgärten meine Katzen zusammenlaufen, um sämtlich bereitzustehen, wenn ich vor der Pforte hielt, und alle lachten und freuten sich, daß ich sie besuchte, daß ich da war und ihnen Milch gab und zu essen, daß ich jede auf den Arm nahm und mit jeder schäkerte und jeder neuen Lebensmut einflößte, denn meine Katzen, die hatten anscheinend das Gefühl, nur dann zu leben, wenn ich bei ihnen war. Und hatte ich mit ihnen geschmust, dann riet ich ihnen, sofern es schön war, an die gesunde Luft zu gehen, ihre Pelzchen zu wärmen, doch ich mußte sie aus der Kammer hinaustragen, von allein wären sie nicht gegangen, denn nichts ging für sie darüber, mit mir zusammen zu sein ... Ich blieb unter der Woche nie mehr über Nacht in Kersko, weil ich nicht wieder anwesend sein wollte, wenn die Jungen kamen. Als ich eines Tages eintraf, fehlte die Getigerte, und ich entdeckte sie im Schuppen, in einem Kartoffelkorb hatte sie ihre fünf Jungen geworfen, sie leckte mir die Hand und nahm mit dem Pfötchen meine Finger und führte sie zu ihren Kindern, die an ihr zutschten und so klein waren wie die Batterien eines Transistorradios ... Ich streichelte die Kätzchen, bebte jedoch vor Entsetzen, je länger ich meine Hand bei ihnen ließ, denn diese Hand mußte es sein, die einige der Jungen wahllos aus der Welt schaffte. Schon rebellierte meine Galle, der Bauch begann mir weh zu tun, und ich schenkte den anderen Katzen Milch ein und schnitt Fleisch, und als ich mich an die Schreibmaschine setzte, konnte ich nicht arbeiten, weil meine Finger zitterten, so daß ich außerstande war, einen zusammenhängenden Satz zu tippen. Ich ging am Schuppen vorbei, hinter mir das trächtige Mohrchen, sie folgte mir, weil sie ebenfalls einen dikken Bauch hatte, ebenfalls am Zerplatzen war, ich hockte mich nieder, und sie sprang mir auf die Knie und richtete sich auf und schmiegte sich an mich und wollte, daß ich sie tröstete, daß ich ihr half, denn ich sah ihr an, daß sie Angst hatte, bei der Niederkunft allein zu sein, daß sie nur den einen Wunsch hatte, mich dabei zu haben ... Und ich hatte Angst und sah, wie unsinnig es war, hier zu sein, denn Kersko war für mich keineswegs der Ort, von dem alle meine Freunde behaupteten, er sei ideal zum Schreiben, und wie gut ich daran sei, zwei Wohnungen zu haben: die eine in Prag und die andere in Kersko ... Das Gegenteil war richtig. Hielt ich mich in Prag auf, dachte ich voll Angst, was meine Katzen wohl machten, und konnte vor Entsetzen nicht schreiben, weil sie Hunger litten, weil sie allein waren ... und fuhr ich daraufhin nach Kersko, dann machte ich mir wieder Vorwürfe, nicht in Prag geblieben zu sein, denn hier könne ich doch nicht schreiben, denn meine Frau begann recht zu haben: Was fangen wir mit all den Katzen an? Ich besaß schon eine Menge Katzen und jetzt obendrein eine Katzenmutter, die soeben fünf Junge geworfen hatte, und Mohrchen wird in Kürze fünf weitere zur Welt bringen ... In Augenblicken wie diesen hielt ich es stets für das beste, einen riesengroßen Postsack zu machen und darin zuerst alle Katzen totzuschlagen und anschließend selber in den Sack zu kriechen und mich im Waldteich zu ersäufen oder ... Nun wurde mir klar, warum meine Kätzchen am liebsten mit der großen, geflochtenen Tasche spielten, der Tasche mit den großen grünen Henkelringen, warum sie damit so gerne spielten, manchmal zwängten sich alle meine Katzen auf einmal in die große Basttasche und schliefen darin ein ... Die Wahrsagerin Mařenka hatte sie mir dagelassen, als sie in die Pilze ging, nachdem sie mir geweissagt hatte, ich würde nicht nur ein großer Schriftsteller werden, sondern auch in eine Lage geraten, die es geraten erscheinen lasse, mich an der Weide am Bach aufzuhängen ... Und in diesem Moment fiel mir diese Weissagung ein, die Weissagung Mařenkas, der ehemaligen Krankenschwester, die in ihrer Freizeit mit einem weißen Turban und einer grünen Schmuckträne daran durch unser Städtchen zog und mir die Karten legte. Sie hatte die riesige Basttasche mit den grünen Ringen bei mir gelassen und nie mehr abgeholt, da sie gestorben war ... Und jetzt entsann ich mich ihrer Weissagung, über die ich früher meine Späße gemacht, die ich später aber ernstgenommen hatte, ja ich hatte sogar alle Äste der Weide absägen lassen, doch sie hatte ein Jahr darauf so gewaltige Zweige getrieben, daß man zehn Leute daran hätte aufhängen können, wie Goya sie gezeichnet und gemalt hatte ... Diese Weissagung im Sinn, ging ich nachdenklich zum Bach hinunter, dort stand die Weide schon bereit, doch ich war noch nicht weit genug, um Mařenkas Prophezeiung wahrzumachen und mich aufzuhängen ... Zur Sicherheit schenkte ich aber die ganze Milch ein, tat alles Fleisch auf die Teller und fuhr weg, denn ich erschrak bei dem Gedanken an das, was mich am nächsten Tag erwartete.

Eine Art Trägheit ließ mich weder in Prag noch in Kersko sein; war ich zum Beispiel in Prag, dann fuhr ich zu meinen Katzen nach Kersko, und als ich dort anhielt und ausstieg, und als die Katzen mir entgegenliefen, da kniete ich mich hin und streichelte sie, nahm sie aber nicht auf den Arm, drückte sie mir nicht an die Wange, sondern ging langsam zu den Birken hin, erregt und erschrocken, weil mein Kätzchen nicht gekommen war, das mich am liebsten hatte und das auch ich bis zum Wahnsinn liebte. Und als ich die Tür aufgeschlossen und die Milch ausgeteilt und das Fleisch hingelegt hatte, als ich das Fenster öffnete, da erstarrte ich. Mein Blick fiel auf Mohrchen im Vogelhäuschen, in dem Futterhäuschen, das aus dem alten Radio gebastelt war, dort lag sie und warf mir so verliebte, zärtliche Blicke zu, daß ich wie im Traum vors Haus ging, und als ich zum Futterhäuschen trat, sah ich, daß auch Mohrchen Junge hatte, schwarze und gescheckte, daß sie sich auf den Rücken drehte wie ein untergehendes Kriegsschiff, daß sie mich liebevoll ansah und mich aufforderte, ihr Glück zu betrachten, das sie mir auf mein Grundstück gebracht habe, ihre Schätze, die sie mir hier, im Futterhäuschen, darbiete, ihre fünf Jungen ... Ich schob die Hand hinein, Mohrchen leckte mir dankbar die Finger, und ich legte den Kopf auf die Kante des ehemaligen Radios, als lauschte ich bestürzenden Nachrichten über Weltkatastrophen, seufzte und konnte es einfach nicht fassen, lange blieb ich so stehen, mein Herz klopfte, und erneut schoß mir der Satz durch den Sinn, mit dem mir meine Frau die Wochenendaufenthalte in Kersko so angenehm machte: Was fangen wir mit all den Katzen an? Als ich mich wieder ein wenig gefaßt hatte, fiel mir sofort Mařenkas Weissagung ein, ich würde mich eines Tages an der eigenen Weide beim Bach erhängen, doch schon fragte ich mich, wer dann wohl die Katzen füttern und tränken würde. Also trat ich von dem Futterhäuschen zurück, blickte Mohrchen an, sah ihre verliebten schönen Augen, die vor Stolz funkelten, sie drehte sich auf die Seite, damit die Kleinen besser und ausgiebiger saugen konnten, und ich war von ihrem Blick und von diesem unsichtbaren Saft, der nur für mich und in meine Augen Liebe verspritzte, so betroffen, daß ich meinen Kopf ins Futterhäuschen pferchte. Mohrchen liebkoste, beleckte mich, als wäre ich ihr Kind, wieder und wieder, und schnurrte mir süße Worte der Katzenliebe ins Ohr, so daß ich entschlossen war, alle diese Kätzchen zu behalten, komme, was da wolle, und jedem, der mir eins der Jungen abnahm, noch fünfhundert Kronen als Katzenaussteuer draufzulegen ... dann holte ich für Mohrchen in einem kleinen Schüsselchen Milch, sie richtete sich auf die Vorderpfoten auf und schleckte die Milch, dann trug ich das Schüsselchen zu der getigerten Katze im Schuppen, strich auf dem Grundstück umher, manchmal ging ich auch bis zum Kreuzweg, wo ich immer abbiege, wenn ich zur Bushaltestelle will, und blickte von dort auf mein Anwesen zurück, das unter gewaltigen Kiefern stand, unter gigantischen Birken, kein Mensch hätte zu behaupten gewagt, daß ich hier wohnte, ein Mann, der ganz unglücklich war wegen seiner Katzen, unglücklich auch, weil ich eine Katze hatte totschlagen müssen in dem rohleinenen Postsack, auf dem der Kartoffelkorb im Schuppen stand und auf dem die streunende Katze fünf Junge geworfen hatte, wie Mohrchen, die ebenfalls fünf Junge zur Welt brachte, aber in dem Vogelhäuschen, das mit Resten von Brotbröseln und Haferflocken ausgepolstert war. Ich blicke von ferne auf mein Anwesen, und wahrhaftig: Kein Mensch hätte zu behaupten gewagt, am wenigsten ich, dieses Häuschen unter den gigantischen Bäumen und mit den grünen Fensterläden sei zu etwas anderem geschaffen als zu eitel Lust und Freude, als für das bequeme Leben eines Schriftstellers, der zwei Haushalte führte, den einen in Prag und den anderen hier, und der nach Lust und Laune wählen durfte, wo er sein wollte. Am nächsten Sonntag, als meine Frau wieder unter Tränen fragte, was wir mit all den Katzen anfangen sollten, hielt ein Auto vor der Pforte, ein junger Mann stieg aus und trug, ehe wir uns versahen, auf den Armen einen abgezehrten Kater herein und sagte, seine Mama lasse schön grüßen und schicke uns Renda zurück, denn er wolle weder Leber noch Milch, die ganze letzte Woche habe er gejammert, deshalb gebe seine Mama ihn wieder dorthin zurück, wo sie ihn vor drei Monaten und mehr mitgenommen habe. Und schon fuhr er davon, und Renda, mein prächtiger Kater, dieser König aller Katzen, mein Renda, der nicht nur ein Bild von Tier, sondern auch der Hüter der anderen Katzen gewesen war, der saß jetzt da, sein Pelz zuckte nervös, dabei hatte sein Fell einst geschimmert und geglänzt wie das eines Fischotters, doch jetzt schlotterte es, als sei Renda eben erst einem Gully entstiegen. Als er dann die Runde machte, erkannte er alles gleich wieder, er machte einen Buckel, ging ins Haus, besuchte seine Stühle, begrüßte seine Verwandten mit einem Küßchen und hockte sich vor mich hin und sah mich lange an, so lange, bis ich die Augen niederschlug, doch Renda sprang hoch, setzte sich auf meinen Schoß und legte mir die Pfoten auf die Schultern und schaute in mich hinein, ich mußte ihn ansehen, und es waren die gleichen Augen wie die von Máca, die über die Felder zu Míčeks Parzelle hinübergelaufen und nie mehr wiedergekommen war, da sie es vorgezogen hatte, irgendwo in einem Schuppen zu sterben, statt hier bei mir und bei diesen abscheulichen Katzen zu sein. Als Renda genug von meinen Augen gesehen hatte, sprang er herunter, der einstige Prachtkater, der geschimmert und geglänzt und über und über von sprühender Elektrizität gefunkelt hatte, und ging fort, zuckte mit den Beinchen, krümmte seinen abgemagerten Rücken, um mir zu zeigen, wie ich ihn zugerichtet habe, so ging er fort und kam gleich wieder zurück, als wolle er mir etwas erzählen, wolle etwas hinzufügen zu all dem, was ihm in diesen drei Monaten und mehr widerfahren war, doch dann entschied er sich anders, winkte mir mit seinem verunstalteten Hals zu, setzte zu ein paar lächerlichen Laufschritten an und schleppte sich zum Bach hinunter...

3

Damals, als Mohrchen ihre Jungen bekam, dieses rührende und volkstümliche Bethlehem im Futterhäuschen, damals wollte ich nicht mehr auf der Welt sein. Ich stellte fest, daß meine Frau recht hatte: Wo sollen wir mit all den Katzen hin? Sie hatte recht, doch was konnten wir tun?
Ich hatte schuld, daß so viele Katzen in unserem Waldhäuschen waren, daß unser Wochenende alles andere als ein Erholungsaufenthalt war, im Gegenteil, schon in der Frühe hatten wir Angst, die Tür zu öffnen und Flur und Küche von lauter Katzen überschwemmt zu sehen, so daß uns der Gedanke erstarren ließ, wenn nun die zehn Jungen heranwuchsen, was dann? Meine Frau weinte und wiederholte ihr bohrendes Gebet: Was fangen wir mit all den Katzen an? Und ich ging zum Bach und betrachtete die Weide, den Weidenbaum, an dem ich mich, wie Mařenka mir geweissagt hatte, aufhängen werde. Schließlich faßte ich mir eines Tages ein Herz, trug

den großen Korb aus dem Schuppen und ging, nachdem ich den Katzen in der Küche zwei Teller Milch vorgesetzt hatte, zum Futterhäuschen, wie im Fieberwahn, meine Frau hatte ich zu den Nachbarn geschickt, holte zwei Kätzchen und setzte sie in den Korb, dann trat ich in den Schuppen und holte zwei Junge und setzte sie zu den Kätzchen im Vogelhäuschen, und dann machte ich den Postsack auf, dessen Zipfel angetrocknete Flecken aufwiesen, und steckte drei Junge und noch einmal drei Junge hinein und rannte in den Wald und schlug den Postsack mehrmals auf die Erde und noch einmal und noch einmal ... Schon damals, im Winter, hatte ich das Gefühl gehabt, einen Mord zu begehen, seither stand ich Ängste aus, gegen Morgen könne mir die Katze erscheinen, nur am Morgen kam sie zu mir und miaute erneut kläglich, ich solle ihr helfen, und als ich mich weigerte und wie zur Hilfe den Briefsack aufmachte, da kroch sie, als wolle sie sich an mir ein bißchen dafür rächen, daß ich sie nicht zurückgetragen, nicht daheim niedergesetzt und gefüttert und von der Einsamkeit geheilt habe, von allein in den Sack, und ich schlug sie tot, um mich von jenen Nächten zu befreien, da sie um mein Haus gewandert war und geplärrt hatte ... Dann packte ich den Spaten und hob hinten zwischen den Birken, an abgelegener Stelle, eine tiefe Grube aus, kippte den matschigen Inhalt des Sackes hinein, konnte aber nicht widerstehen und eilte zu unserem Haus zurück und pflückte sechs Pelargonien ab, wieder zurückgekehrt, warf ich die Blumen ins Grab, und die Kätzchen lagen in furchtbarem Durcheinander drunten, und ich erschrak zutiefst, denn ich hätte nicht hinsehen dürfen ... Ich schippte das Grab zu und legte einen Stein darauf, schippte altes Eichenlaub darüber, um die Spuren zu verwischen. Den Postsack faltete ich zusammen und verwahrte ihn im Schuppen, und als ich aus dem Schuppen wieder ans Licht trat, taumelte ich, mir wurde schlecht, und ich rannte und hielt mich an dem leeren Vogelhäuschen und an den Zaunlatten fest und erbrach meinen Mageninhalt, immer wieder und noch einmal ...

Weinend, bleich öffnete ich die Flurtür und blieb stehen und hielt lange die Klinke der Küchentür in der Hand, ehe ich sie öffnete. Und heraus liefen die Kater, und heraus liefen auch die beiden Katzen, die mich gern hatten, und als ich sie streichelte und zum Korb führte, schlüpfte als erste Mohrchen hinein und nahm die vier Jungen als ihr eigen an, und gleich darauf erschien auch die zweite Katze und kroch, als verstehe es sich von selbst, ebenfalls in den Korb ... Und so lagen sie in dem Körbchen, die Jungen saugten abwechselnd, als wären sie die Kinder einer einzigen Katze oder gemeinsame Kinder ... und ich hielt ihnen die Hand hin, und beide Katzen leckten sie mir und schlossen die Augen, sie waren selig, daß ich sie berührte, daß ich die zwei Paar Jungen streichelte, und mir war, als fiele mir ein Stein vom Herzen ...

Sodann teilten sich die Katzen in die Pflichten, sie wechselten sich am Korb ab, Zeit genug hatten sie, ihr Geschäft zu erledigen, über den Zaun hinweg ihren mythischen Zwängen zu folgen, ihrer Jungen zu gedenken, und wurde eine der beiden von Sehnsucht erfaßt, dann lief sie zum Korb zurück, der nun in der Küche stand, und löste die andere Katze ab, wobei sich beide zuvor ein Küßchen gaben. Auch die Kater kamen, um sich die Jungen anzusehen, und waren die Katzen gerade nicht da, dann legten sie sich auch zu ihren Neffen und Nichten, beleckten sie, putzten sie, wärmten sie, ja, mir kam es so vor, als hätte meine Mordtat an den sechs Jungen allen irgendwie gutgetan ... Diese Zeit, dieser Monat schien der glücklichste zu sein, denn beide Katzen überboten sich, wetteiferten darin, mir zu zeigen, wer mich am liebsten hatte, wer mir am häufigsten auf die Knie sprang und mir die Pfoten auf die Schultern legte und mir am liebevollsten in die Augen sah. Das sah ein Freund von mir und holte sogleich seinen Fotoapparat, um diese Siesta aufzunehmen: ich auf der Bank sitzend, auf meinen Knien das Körbchen und darin die vier Jungen und die zwei Katzen, eine jeweils mit dem Kopf zu Füßen der anderen und umgekehrt, während meine Hände im Korb steckten. Die Jungen hatten schon Augen, sie beleckten mich, schubsten und drängten sich an meine Hände, und ich guckte in den Korb, auf meine Hände, welche die Katzenkinder berührten. So saß ich auf der Bank, mein Freund knipste die schönsten Bilder und wußte nicht, nein, konnte nicht ahnen, was mir alles durch den Kopf ging, durch meinen ganzen Körper. Von nun an war mir bewußt, daß ich weder den blutigen Postsack anzusehen noch Holz zu hacken brauchte, daß ich auch meine Hände nicht mehr betrachten mußte, ewig würde ich das Gefühl der Schuld haben, außer der gewaltigen Winterkatze würden künftig noch weitere Katzenjunge zu mir kommen, sechs Junge, wie Gewissensbisse würden sie mich heimsuchen, wenn ich in der Frühe nicht mehr schlafen konnte. Es nützte mir nichts, daß die Katzen, Mohrchen und die andere, die noch keinen Namen hatte, die Namenlose, mich mit Gunstbeweisen überhäuften, das erhöhte mein Gefühl von Scham, von Schuld nur noch. Schon von weitem begrüßten sie mich, mir mit den Augen ihre Liebe entgegensprühend, sie liebten meine ganze Gestalt, schon wenn ich mich über das Körbchen beugte und meine Hand hineinsteckte, wurden sie ohnmächtig und sonderten zärtlichen Speichel aus ihren Schnäuzchen ab, so gern hatten sie mich, ich war einfach alles für sie, das Schönste, was sie je auf der Welt gesehen hatten. Sie liebten mich anscheinend mehr als ihre winzigen Batterien, als die vier Jungen, die ich für sie zusammengefügt hatte und die beide Mütter für die eigenen hielten, ausschließlich für die eigenen. Weiter zu denken vermochten sie nicht, ich dagegen dachte alles zu Ende, was ich angerichtet hatte, was ich nicht hätte tun dürfen und letztlich doch getan hatte. Ich, der ich mir mehr als vierzig Jahre die Sinne zerrüttet habe, ich also, der in der abgeschlossenen Küche, durch ein Geräusch beunruhigt, der Ursache meiner Beunruhigung nachging und feststellte, daß es ein Blatt war, das zwischen den Fenstern an einem Spinnwebfaden baumelte, ich also erlaubte mir, zerrüttet wie ich war, törichterweise den Luxus, eine verhärmte Katze im Winterwald und jetzt die sechs Jungen totzuschlagen. Ich, der ich selbst eine in einen Schal gewickelte Armbanduhr ticken hörte, hatte nicht bedacht, was ich mir aufgeladen hatte ...

4

Damals besuchte ich das Kino in Semice, wo man Herrn Fellinis Süßes Leben gab. Und schon als Steiner erschien, der schöne Mann, der die Toccata und Fuge in d-Moll spielte, schon als ich Herrn Steiners Kinder und Frau sah, wurde ich unruhig, und als die Szene kam, wo die Fotografen mit ihren Apparaten Frau Steiner beschossen, die vom Einkauf heimkehrte, und als ich dann in ihrer Wohnung die beiden Kinder und im Sessel den Selbstmörder und Mörder seiner Kinder, Herrn Steiner, erschossen liegen sah, da fing ich an zu zittern und mußte hinaus, ich stolperte und drängte mich aus der Mitte der Sitzreihe fort, nur hinaus und hinaus und weg, denn Herr Steiner war, so wie ich, erschrocken über das künftige

Schicksal seiner Kinder gewesen und hatte sie getötet, wie auch ich die Jungen und die verlassene Katze an jenem Winterabend getötet hatte, ich allerdings war so töricht gewesen, mir in den Kopf zu setzen, weiter auf der Welt zu bleiben, nicht so aus der Welt zu gehen, wie Mařenka es mir geweissagt hatte, jene Mařenka, die gestorben war und mir, zur Erinnerung an ihre Weissagung, die große Basttasche mit den grünen Henkelringen dagelassen hatte, die Tasche, in der meine heranwachsenden Katzenkinder so oft gespielt oder geschlafen hatten. Und genau wie früher hatte ich fortwährend Magenschmerzen, jetzt tat mir das Herz weh, denn meine Seele war ebenso krank wie die von Doktor Steiner, von Raskolnikow, als er die zwei alten Weiber ermordete und sich törichterweise einbildete, zwei menschliche Läuse getötet zu haben. An einem Sonntagnachmittag kriegte Mohrchen Fieber, sie sprang aus dem Katzenkörbchen und kam zu mir gerannt, schlotternd vor Fieber, ich streichelte sie, doch sie blähte sich in Krämpfen, zuerst wollte ich sie in ein Körbchen legen und schnell zu den Tierärzten nach Říčany bringen, doch die Katze klammerte sich an mir fest, preßte sich an mich, dann lag sie da, und ich streichelte sie, plötzlich fing sie an zu schwitzen, sie war so naß, als hätte ich sie aus dem Bach gefischt, und meine Frau erschien und setzte mir zu, wir sollten Mohrchen nach Říčany bringen, doch ich behauptete, das gehe vorüber, außerdem würde die Katze, wenn wir sie wegbrachten, im Auto so außer Rand und Band geraten, daß sie uns kratzte, denn sie beginne schon den Verstand zu verlieren, das Fieber raube ihr die Sinne, bestimmt habe sie wie die Hunde die Staupe bekommen, da die Krankheit sie so schüttele, so aufblähe ... Und wirklich nahm Mohrchen auch mich nicht mehr wahr, sie kratzte mich sogar, ich mußte einen Lappen nehmen, dann eine Decke, um sie an den Boden zu drücken, so stark waren ihre Krämpfe, mir war, als hielte ich einen Weihnachtskarpfen, ich hatte das Gefühl, daß sie ganz glitschig war vom Schweiß ... So hielt ich sie fest, drückte sie an den Boden, hielt sie fest, rief ihr zu, beschwor sie, ich sei doch bei ihr, doch die Katze schrie und fauchte und zischte mich an, als habe sie erfahren, daß ich ihre Kinder getötet hatte, daß ich der Schuldige war, daß meine Hände voll Blut, als entsetzte sie sich vor meinen Händen, die sie so liebte ... und als sei sie wahnsinnig geworden, nachdem ihr all das bewußt geworden sei. Ich aber drückte sie nur um so fester an den Boden. Als ich sie aufdeckte, sah ich, daß sie tot war und ein einziges, furchtbares Auge auf mich richtete, und in diesem schrecklichen Auge sah ich alles, was ich selbst gegen mich hatte ...

5

Der getigerte Kater Renda war verschwunden. Ich ging die Alleen ab, ich ging den Bach entlang, die Landstraße und sah in den Straßengräben nach, fand Renda aber nirgendwo. Wie sehr wünschte ich mir, die Jäger hätten ihn erwischt oder die Räder eines Autos! Doch Renda war fortgegangen wie seine Mama, die getigerte Katze, die Renda und die anderen Geschwister in meinem Bett geworfen hatte, die mich so sehr liebte, daß sie, als ihre Jungen herangewachsen waren, nachsehen kam, ob ich alleine im Haus sei, und erschienen ihre Kinder, angeführt von Renda, dann fauchte sie sie an, warf mir einen so haßerfüllten Blick zu, daß ich nicht schlafen konnte, und verschwand, um noch einmal wiederzukommen und noch einmal und dann nie mehr. Sie rannte fort, fauchte und ließ mich niedergeschmettert und mit dauerndem Vorwurf im Wald wie in Prag zurück, wo immer ich schlief, jedesmal erwachte ich frühzeitig und erblickte eine Wolke in Gestalt eines nebelhaften Vorwurfs, die das Gesicht meiner Katze annahm, welche ich mit ihren Kindern betrogen hatte, und das hatte sie nicht verwunden und war irgendwo im Wald, bei den Míčeks, krepiert. Ihr Sohn, dieser hübsche Kerl, der vergällte mir das Leben noch mehr. Ja, es stimmte, ich hatte ihn einer Familie geschenkt, der ein genauso getigerter Kater wie der meine weggestorben war, weggeschenkt hatte ich ihn, doch sie hatten mir versprochen, ihn ins Sommerhaus mitzunehmen, ihm werde es so gut gehen wie nie zuvor. Und nach drei Monaten dann brachten sie ihn mir wieder, händigten ihn mir aus, die Frau selbst ließ sich gar nicht erst sehen, nur ihr Sohn kam mit dem Auto und gab mir Renda zurück, doch kaum hatte ich Renda im Arm, da wußte ich, er würde mein Schicksal sein, denn er schmiegte sich nicht an mich, wie er es gewohnt war, er ließ sich nicht mehr auf den Rücken legen, was ihn immer fast ohnmächtig gemacht hatte vor Glück, weil ich ihm unters Kinn blies und dabei selbst vor Glück der Ohnmacht nahe war. Erst in der Küche setzte ich ihn nieder, seine Geschwister nahmen ihn so auf, als sei er nie hier gewesen, als sei er nie hier geboren, als sei er nie der hübscheste und vernünftigste Kater auf unserem Grundstück gewesen, der Kater Renda, der alle seine Brüder und Schwestern geputzt hatte, der bestimmt hatte, wie die meschugge Stunde abzulaufen hatte, der seine Blutsverwandten über den Steg des Baches in die Felder geführt, der, wenn die Balgereien und Spiele der anderen ausarteten, eingegriffen und den Schuldigen bestraft hatte, was dieser unterwürfig hinzunehmen hatte, da Renda einen ganzen Kopf größer war als die anderen. Jetzt, nach drei Monaten, brachte man ihn mir wieder, weil er einen ganzen Monat lang nur geplärrt und die letzte Woche nur noch geschwiegen habe und, wie mir der junge Mann sagte, der ihn wiederbrachte, sogar entschlossen gewesen sei, Hungers zu sterben. Der so Heimgekehrte aß zwar, wartete aber, bis die anderen Katzen und Kater satt waren, erst dann aß er, ich wartete darauf, daß er die Milch schleckte und dabei immer wieder das Köpfchen heben und mich ansehen würde, um mir zu danken, wie er es früher getan hatte. Doch Renda wußte genau, daß ich ihn ansah, wußte genau, daß er mich beim Essen alle Augenblicke angesehen und mir gedankt hatte, doch obgleich er das wußte, allzu gut wußte, hob er das Köpfchen nicht, und war er mit dem Essen fertig, ging er für ein Weilchen ins Freie, setzte sich neben der Pumpe hin und blickte nach unseren Fenstern ...

Doch seit man ihn so leblos und ausgemergelt wiedergebracht hatte, lagen die anderen Katzen selig atmend auf dem Kanapee, auf den Stühlen, während Renda allein in der Ecke hockte, ein Waisenkind, so saß er da und blickte mich ohne jedes Interesse an, manchmal wollte er etwas sagen, wollte ebenso lächeln, wie er früher zu lächeln vermocht hatte, doch das Lächeln erstarb in seinem getigerten Gesicht, und so saß er den ganzen Abend und schaute mich an, wollte ich ihn streicheln, so schloß er die Augen, entzog sich mir aber, es war ihm unangenehm, genauso wie seiner Mama, wenn sie nachsehen kam, ob ich im Haus allein war, ohne ihre Bälger. So saß Renda noch einen ganzen Monat, Tag für Tag, in der Ecke und schaute mich an, ich konnte weder schreiben noch

etwas anderes tun, ich bemühte mich, den ganzen Monat lang, Renda dabei zu ertappen, daß er mich so anblickte, wie er mich immer angeblickt hatte, als er noch bei jedem Blick meiner Augen in seine Augen fast ohnmächtig geworden war, sogar der Speichel war ihm gelaufen, so angerührt war er davon und dadurch gewesen, daß ich ihn sah, daß ich ihn anblickte, daß ich ihn ansprach, daß ich ihn streichelte ... Seit man ihn mir jedoch wie ein Handtuch, wie ein Badelaken zurückbrachte, seitdem habe ich unsere liebevolle Beziehung nicht wiederherstellen können, einen ganzen Monat nicht, er wußte mir nicht zu verzeihen, und vielleicht hatte ich auch etwas in seinen Augen so Entsetzliches getan, das überhaupt nicht verzeihbar war, und von Tag zu Tag wurde mein Schuldgefühl größer, wie früher hob ich Renda hoch, er schlief mir zu Häupten auf dem Kissen, während die anderen Katzen und Kater zu meinen Füßen liegen mußten, doch auch das tat keine Wirkung, er erhob sich wieder und sprang aus dem Bett und setzte sich nieder, wo er war, um mich weiterhin vorwurfsvoll anzusehen und mich weiterhin mit dem Hinweis darauf zu quälen, was ich ihm mit diesem dreimonatigen Aufenthalt in der Prager Wohnung zugemutet hatte ...
Und eines Tages war Renda verschwunden, ich erholte mich, wähnte mich ein paar Tage sogar glücklich, weil die vorwurfsvollen Augen nicht im Küchenwinkel hockten, aber noch war ich mir nicht

sicher, daß Renda nicht mehr am Leben war. Deshalb durchstreifte ich die Wiesen und Haine, wanderte die Landstraße entlang und suchte nach dem toten Renda. Doch er war weder von Jägern erschossen noch von einem Auto überfahren worden, ich fragte sogar bei den Nachbarn herum, auch auf entfernten Parzellen, ob sie nicht ein getigertes totes Katerchen gefunden hätten, ja, ich begab mich hinüber in die Nachbardörfer, denn Jäger gehen gern auf die Pirsch, und erkundigte mich, ob sie nicht ein getigertes Katerchen irgendwo in Loskoty, am Bach bei Olšiny, auf dem Pfarrweg, in Cihelna erlegt hätten. Blitzschnell blickte ich die Jäger an, wenn ich ihnen, den Kronzeugen, in der Gastwirtschaft diese Frage stellte, doch ich stellte fest, daß sie die Wahrheit sagten, sie hatten den Kater wirklich nicht erlegt, und wenn, dann hätten sie es mir nicht verschwiegen. Damit gab es keinen Renda mehr, und ich kam wieder zu mir. Aber nach einer Woche begann der Kater mich heimzusuchen wie seine Mama, in der Frühe, ich schlafe so schlecht, rolle ich mich ins Laken und harre sehnsüchtig des Morgengrauens, warte sehnsüchtig darauf, daß die Lichter auf der Straße angehen, daß es fünf wird ... Und da erscheint mir Renda, nicht als Wolke, nicht als Gewölk, aus dem schließlich ein Katzengesicht heraustrat. An diesem Morgen erschien Renda wie der Blitz, plötzlich hockte er mir im Kopf, mein Kopf quoll auf und war so groß wie die Küche, so groß war mein Kopf, wie meine ganze Parzelle samt den Kiefern und den Birken und dem Bach ... Und da saß Kater Renda und schaute mich an, und ich erhob gegen mich selber Anklage, klagte mich selbst an, schrieb mir selbst die Schuld zu und trug sie mir vor, jene Schuld, die mir der Kater Renda nicht verzieh, und letztlich wußte ich, daß auch ich sie mir nicht verzeihen konnte ... Herr Hrabal, drei Monate, eine ganze Ewigkeit habe ich in der Wohnung hinter der Gardine gesessen, habe, das schwöre ich, weder Leber noch Milz, noch gekochtes Rindfleisch angenommen, auch nicht den Seefisch, den ich so gern bei Ihnen aß, ich habe hinter der Gardine gesessen und mich gewundert, daß Sie mich diesen Leuten gegeben haben, warum, Herr Hrabal, haben Sie denen nicht mein Schwesterchen gegeben, die Kleine, die wäre hinter der Gardine vielleicht glücklich geworden, ich aber habe nur an Sie gedacht, weil ich Sie, und das wissen Sie genau, geliebt habe, und Sie hatten mich auch gern, haben mich auch geliebt, ich wäre ganz damit einverstanden gewesen, wenn Sie mich in den Postsack gesteckt und wenn Sie mich totgeschlagen hätten, so wie Sie die Katze während der Frosttage totgeschlagen haben, ich wäre ebenfalls hineingekrochen, denn Sie hätten mich in dem Postsack so wie die kaum geborenen Jungen zerschmettert, und ich hätte das hingenommen, weil ich Sie, Herr Hrabal, liebte. Sie hätten mich gegen die Birkenstämme schmettern können, an denen ich mir die Krallen schärfte. Und ich weiß, der Postsack war dafür da, dieser Postsack, der immer zusammengefaltet und mit eingetrockneten Blutflecken im Schuppen bereitliegt, damit Sie weitere Kätzchen und Katzen darin totschlagen können, die überzählig sind, von denen es zuviel im Haus gibt. Warum nur haben Sie mich in die Welt hinausgeschickt, wo ich doch ihre liebste Katze war, wo Sie mich doch so geliebt haben, wie ich Sie gemocht habe? Herr Hrabal, Hand aufs Herz, eine Katze mehr hätten Sie doch wohl halten können, ich wollte doch das Essen und die Milch nicht umsonst von Ihnen, Sie wissen genau, daß ich Ihnen jede Maus, die ich fing, jede einzelne Maus aufs Fensterbrett gelegt habe, um Ihnen zu zeigen, daß Sie mich nicht umsonst durchfütterten, jedes Vögelchen habe ich Ihnen gebracht, selbst Rebhühner und kleine Fasane habe ich Ihnen gebracht, einmal habe ich Ihnen sogar ein noch lebendes Wildkaninchen hingelegt und schließlich einen großen Kaninchenbock, mit dem ich es nur deshalb aufgenommen hatte, weil ich Ihnen beweisen wollte, daß Sie mich nicht umsonst durchfüttern, weil ich in Ihrem Bett geboren wurde, mit Ihnen zusammen geschlafen habe, und wenn Sie spazieren gegangen sind, dann habe ich Sie des Nachts begleitet, wenn Schnee gefallen war, bin ich mit Ihnen durch den tiefen Schnee bis zum Forsthaus, dem Gasthaus im Wald, gelaufen, um dort auf Sie zu warten, bis Sie wieder nach Hause gingen, dann bin ich hervorgesprungen, und wir sind wieder zu uns, an den warmen Ofen heimgekehrt, wo ich mich dann zu Ihnen gelegt habe, als einziger habe ich bei Ihnen geschlafen, so haben Sie mir, Herr Hrabal, heimlich den Vorzug vor den anderen gegeben, und ich war stolz darauf, so wie ich auch auf alle Ihre Birken und Kiefern stolz war, auf Ihren Bach, ich wußte sogar, wann Sie mit Ihrem Auto in den Wald zurückkommen würden, so lange waren Sie manchmal nicht daheim, doch ich saß auf der Terrasse und lauschte und wußte und nahm wahr, daß Ihr Auto auf der Straße unterwegs war, ich lief hinunter und eilte Ihnen entgegen, und wenn Sie Ihr Auto stoppten, dann stand ich schon da und lachte vor Glück, daß Sie endlich gekommen waren, und das haben Sie gewußt, und sind Sie mal zu schnell gefahren, dann habe ich Ihnen plötzlich durch die Luft Anweisung gegeben, das Tempo zu drosseln, sich nicht totzuschlagen, Herr Hrabal, keinen schweren Unfall zu riskieren, denn was wäre ich ohne Sie gewesen? Wenn Sie im Krankenhaus gelegen hätten oder im Sarg? So sehr habe ich Sie, Herr Hrabal, geliebt, so sehr habe ich alle Ihre Bäume und das Gras und die kleinen Pfade geliebt, auf denen Sie zum Bach gegangen sind, und waren Sie fort, dann bin ich auf diesen Pfaden gelaufen, auf denen Sie geschritten waren, und ich war bei Ihnen, und wenn Sie stehen blieben, sich bückten, dann sprang ich hoch, und Sie nahmen mich in den Arm, drückten mich unters Kinn und schlossen die Augen, und ich schloß die Augen, und so waren wir, Herr

Hrabal, glücklich, das war mein ein und alles, nicht die Milch und der Seefisch, den Sie mir gegeben haben, sondern die Art, wie Sie mich auf den Arm nahmen und Ihr Gesicht in mein Fell unterm Kinn gruben, so daß ich der Ihre war und Sie der meine ... Herr Hrabal, warum haben Sie nicht den Postsack aufgemacht, warum, wenn Sie mich schon loswerden wollten, warum haben Sie mich nicht in den Postsack kriechen lassen, warum haben Sie mir das entsetzliche Schicksal zugedacht, drei Monate lang hinter der Gardine in dieser Wohnung sitzen und immer nur Ihnen nachbangen zu müssen, und als ich nicht mehr hoffte, nicht mehr glaubte, als ich schon am Ende war, warum hat man mich da wieder hergeschafft, und warum haben Sie mich, dieses entseelte, liebeleere Körperchen, zurückgenommen, nein, Herr Hrabal, ich konnte Sie nach allem, was geschehen war, nicht mehr liebhaben, ich habe Sie nicht mehr geliebt, denn alles in mir war zum Vorwurf geworden, zur Beschwerde, zur Klage, daß Sie mich damals fortgegeben haben, ja, ich bin gern mitgegangen, da ich nicht angenommen, nicht von Ihnen erwartet habe und nicht habe erwarten können, daß Sie mich fremden Leuten ausliefern, daß Sie, Herr Hrabal, ohne mich würden leben können ... Um mir das vorzuwerfen, erschien Renda in der Frühe, wenn ich mich in das Laken gerollt hatte, wenn ich nicht schlafen konnte, wenn der Augenblick geeignet schien, die Vorwürfe und Anklagen durch den Kronzeugen, durch Renda, vortragen zu lassen. Schweißnaß erhob ich mich damals, fast ein ganzes Jahr lang, taumelte, warf mir rasch das Notwendigste über und ging vor Tagesanbruch in den Morgen hinaus, wanderte umher und war nahe daran, das zu tun, was mir Mařenka geweissagt hatte, die Hellseherin, die mir, ehe sie starb, ihre Basttasche mit den beiden grünen Henkelringen dagelassen hatte, die Hellseherin Mařenka, die mir geweissagt hatte, ich würde mich an der Weide am Bach erhängen ... Ich aber wollte mich nicht erhängen, ich wollte auf der Welt sein, wollte noch etwas schreiben, und sei es nur diese Anklageschrift über meinen Verrat an dem Kater Renda und seiner Mama, und jetzt mache ich mir Vorwürfe und stehe entsetzliche Schuldgefühle gegenüber meinen Katzen durch. Mit derlei Fragen und Bildern füllte ich meinen Kopf während jener schweißnassen Morgenwanderungen und steigerte, bis die Sonne aufging oder bis es hell wurde, mein Schuldgefühl noch dadurch, daß ich so keck und anmaßend gewesen war, Leben und Sterben von Katzen und Menschen zu vergleichen. Doch das nahm mir nicht mein Schuldgefühl angesichts des Todes der Kätzchen und Katzen, denn letztlich schlug ich mich selbst mit der Erkenntnis, daß kein Katzenjunges straflos umgebracht werden könne, geschweige denn ein Mensch, daß man weder einen Menschen noch ein Kätzchen straflos davonjagen dürfe ...

6

Dieses Jahr war kein glückliches Jahr für mich, obwohl mir alle meine Freunde versicherten, ich müsse glücklich sein, denn ich lebe in Kersko, im Wald, an der frischen Luft, umgeben von den Katzen, und könne schreiben, meine Freunde hingegen müßten mit ihren banalen Tagessorgen in Prag sein und leben. Eines Tages lief mir eine kleine Katze zu, die sich zu meinem Pech in mich verliebte, sie war getigert, und ihr Fell war von Ausschlag zerfressen, also rieb ich sie mit Salbe ein, doch kaum war eine Flechte geheilt, kam sie schon wieder. Schließlich verschwand das Ekzem, doch nicht die Salben hatten das bewirkt, sondern die Katze selbst, die sich die kranken Stellen auszupfte und herausbiß, bis sie von kahlen Flecken übersät war, was sie nicht schön, sondern sogar zu der häßlichsten Katze machte, die je bei mir erschienen war. Häßlich wie der Aschermittwoch. Aber lieb war sie, und das wußte sie, deshalb wich sie nicht von meiner Seite, guckte mich verliebt an und wurde insofern gewürdigt, als ich mich ihrer annahm. Und dann, wie konnte es anders sein, warf sie ihre Jungen in meinem Bett, zwei Kätzchen, und ich atmete auf, weil ich nicht nach dem Postsack mit den Schandflecken von angetrocknetem Blut zu langen brauchte. Eins der Jungen kam nach der Mutter, die so häßlich war, daß sie nicht einmal einen Namen hatte, und das andere nach Chládeks rotbraunem Kater, der immer zu uns herüberkam. Und das zweite Junge hatte weiße Söckchen und einen weißen Brustlatz, und sein Rücken war getigert, doch rötlich. Damals hatte ich einen Renault fünf, ein weißes Auto mit rostfarbenen Schonbezügen, und das war unser Autochen (Autitschko). Und weil auch das rotbraune Junge weiß und rostfarben war, nannten wir es gleichfalls Autitschko. Dieses Kätzchen ersetzte mir alle Katzen, die ich je gehabt hatte, ich konnte mich nicht sattsehen an seinen hübschen Augen, und wie seine Mama war auch Autitschko in mich verliebt, es schlief immer bei mir, neben seiner Mama und dem zweiten Kätzchen, dem Katzenkind, dem schönsten, das wir je in Kersko gehabt hatten. Es sah aus wie die Kätzchen auf den Schokoladentafeln, wie die Kätzchen, die man auf Bonbonnieren abbildet, sein Fell war getigert, mit einem hellen Ton, und hatte langes Haar und sah aus wie das schöne Gefieder einer Schleiereule. Dieses Kätzchen nahm sich Frau Dáša, und die schilderte uns in langen, begeisterten Briefen, was für ein wunderbares Tierchen ihr da ins Haus gekommen sei, wie das Kätzchen auf dem Hof in Prag herumspazieren dürfe und wie es sich darauf freue, von Frau Dáša jede Woche mit nach Kersko genommen zu werden. Und ich vergaß alle meine Kümmernisse mit den Katzen, vergaß sie dank der getigerten Katze und ihres Kindes Autitschko, ja, ich vergaß sogar Renda. So kam die häßliche Katze samt ihrem Jungen über den Winter, und ich hatte Angst, bei zwanzig Grad unter Null mit meinem weißen Renault das Haus anzusteuern, doch jedesmal kamen mir sowohl Autitschko als auch die Alte entgegengelaufen, ich heizte unverzüglich die Küche, und es dauerte lange, bis ich die beiden vom Ofen wegbekam, sie drängten sich dicht an den glühheißen Petera-Ofen und wärmten sich die Stirnen, dann schleckten sie die warme Milch und aßen gierig den Seefisch. Also verbrachte ich das Wochenende, manchmal auch zwei Tage in der Woche, mit den Tierchen, die jedesmal, wenn sie voraussahen, daß wir zur Abfahrt rüsteten, wenn wir dahinwelkten, alle beide, und schließlich, wenn wir aufbrachen, die Köpfchen durch die Zaunstäbe steckten und uns so lange traurig nachguckten, bis das Auto von der Allee auf die Fernstraße einbog. In Prag machte ich mir ewig Vorwürfe, sie so dem Winter ausgeliefert zu haben, und in der Frühe suchten mich die Tierchen heim, ihre Köpfchen guckten mich durch den Zaun an, und je dringlicher die Vorwürfe wurden, desto weniger konnte ich schreiben, geschweige durch die Kneipen ziehen, also sprang ich in den nächsten Autobus und fuhr nach Kersko, erfüllt von der angstvollen Frage, ob sie noch am Leben, ob sie vielleicht erfroren oder Hungers gestorben waren. Doch immer wieder kamen die beiden Katzen von der Veranda herunter, denn unter dem Dach war ein niedriger kleiner Boden, in den ich das Heu stopfte, und dort lagen sie an der Luke. Stieg ich mal aus dem Bus und die Tiere eilten mir nicht entgegen, dann schwitzte ich vor Angst, sie seien bereits im Jenseits, sie wären totgeschossen, von einem Auto überfahren worden, als sie Hunger hatten und mir entgegengekommen, mich suchen gegangen waren. Ich ging die Allee hinunter, sah schon von fern die Luke über der Veranda und war schon auf das Schlimmste gefaßt, als sich oben zwei Paar Ohren aufrichteten, wie die Gipfel der Tatra, dann kamen die Köpfchen zum Vorschein, und schon liefen mir die Katzen entgegen und freuten sich, daß ich da war, und ich freute mich auch und heizte sogleich den Ofen an und wärmte ihnen sogleich die Milch und nahm sogleich eine wie die andere auf den Arm und drückte sie an meinen Hals, und sie vergalten es mir auf die gleiche Weise. So überstanden wir den Winter, dann kam der Frühling, und wieder einmal mußte ich feststellen, daß die Kätzchen trächtig, die Alte ebenso wie Autitschko, daß beide schwanger waren, und sie wußten das, in den letzten Tagen ihrer Schwangerschaft wichen sie mir nicht mehr von der Seite, nicht anders als meine Frau, die es mit der Angst bekam und wiederholte: Was fangen wir wieder mit all den Katzen an? Sollte nicht lieber der Herr Dr. Beník kommen und den Neugeborenen Chloroform geben? Und ich lachte, und ich spielte den Großkotz, doch hinter meinem Lachen grauste mir, ich spürte, wie mein Gesicht unter der Frühlingsbräune erbleichte, wie ich leichenfahl wurde vor Entsetzen, was mich erwartete, wenn beide Katzen ihre Jungen bekamen. Bis eines Tages die alte Katze erschien, mit schlaffem Bauch, da wußte ich Bescheid, sie ging aufs Nachbargrundstück, sprang auf das Dachbödchen, also mußten die Jungen irgendwo droben hinter den Balken stecken, hinter den Balken dort hatten die Katzen schon ganze Serien von Kindern aufgezogen, auch der riesige getigerte Kater, der fünf Kilo wog, wohnte da, dieser Kater, der alle unsere Katzen terrorisierte, selbst Renda hatte er einmal vom Balken gestoßen, der fiel herunter und lief danach eine ganze Woche lang verstört herum, dort droben also, hinter den Balken auf Soldáts Grundstück, hegte unsere häßliche Katze ihre Jungen, nach Hause kam sie nur, um Milch zu trinken und etwas zu essen, nachdem sie Autitschko zuvor mit einem Küßchen begrüßt hatte. Beide Katzen mochten sich so gern, daß sie sich immer ein Küßchen gaben, wenn sie sich trafen, auch bevor ihre Jungen kamen, auch da schliefen sie nebeneinander, bezeugten sich gegenseitig ihre Achtung und große Liebe, so daß wir ebenfalls gerührt davon waren. Und eines Nachts geschah, was ich nicht verhindern konnte, Autitschko warf bei mir am Fußende ihre Kätzchen, fünf Junge, nicht alle auf einmal, sondern zuerst drei und dann zwei, ich war schlaftrunken und entsetzt, während meine Frau im Bett lag und zornentbrannt rief: Was fangen wir wieder mit all den Katzen an? Ich trug die Kätzchen in den Schuppen und legte sie auf den Postsack, Autitschko schmiegte sich sogleich an ihre Jungen und leckte sie ab und schob sie mit dem Pfötchen zu sich heran, während ich im Dunkeln stand, die Hand ausgestreckt, um Autitschko Mut zu machen, und spürte, wie Autitschko mit dem Pfötchen auch meine Hand zu sich her führte, und so stand ich und nahm mit den Fingern die ersten Bewegungen der Katzenkinder wahr, und ab und zu leckte mir mein schönes Kätzchen, das wir Autitschko nannten, die Hand ... Die Jungen wuchsen heran, erblickten die Welt zum erstenmal im Schuppen, die alte häßliche Katze kam wie immer zum Essen von Soldáts Boden herüber, und sobald sich die beiden Katzen, die Mütter, begegneten, gaben sie sich ein Küßchen, beleckten sich gegenseitig die Hälse, einen Monat nach der Niederkunft hatten die beiden Mamas schon mehr Zeit füreinander, dann lagen sie wieder stundenlang zusammen, putzten sich, pusteten sich unters Hälschen und hatten sich so lieb wie früher. Eines Tages, als ich heim kam, da weinte meine Frau, sie jammerte nicht einmal mehr, was fangen wir mit all den Katzen an? Ich wußte sofort Bescheid, machte die Tür auf und erblickte vier Katzenjunge, über und über schmutzige, struppige Katzenjunge, und meine Frau sagte, die Nachbarn hätten die Kätzchen eingefangen, vier Junge, sie hätten Handschuhe dazu nehmen müssen, so wild seien die Kätzchen gewesen, aber es habe nicht mehr so weitergehen können, denn die Tiere hätten in einen Bodenwinkel gepullert, immer auf dieselbe Stelle, so daß die Decke durchgeweicht sei. Und als ich schon dem Himmel danken wollte, daß es nur vier Kätzchen waren, da sagte Frau Soldátová, ein Junges sei übriggeblieben, ein ganz schwarzes, das sich nicht einkriegen lasse, doch keine Angst, die alte Katze werde es mir eines Tages von allein heimbringen. Und ich mußte daran denken, wie unser schönes Mohrchen ihre Jungen im Vogelhäuschen bekam, zur gleichen Zeit wie unsere Máca, und wie ich die Jungen in einen Korb legte und wie die Katzen dieses gemeinsame Heim annahmen, diese Katzenkrippe, und wie sie sich beim Säugen abwechselten, wie sich sogar die Muttis in den Korb zwängten und sich in das Katzenmütterglück teilten. Das brachte mich auf die Idee, die Jungen zu nehmen, die unter Soldáts Dachsparren geboren worden waren, sie zu packen und zu Autitschkos Kätzchen zu setzen und siehe da, ich traute meinen Augen nicht, die Jungen glitten zwischen die anderen und wurden so abwechselnd von der häßlichen Katze und von Autitschko gesäugt, die beiden liebten sich nach wie vor und lösten sich auch in ihrem Katzenmütterglück ab. Und bald schon krabbelten die Katzenkinder aus dem Spreukorb ins Heu, sie liefen sogar durch die offene Tür und spielten draußen unter den Bäumen und in den Kohlen, als Frau Soldátová zu mir gerannt kam, das schwarze Kätzchen sei vom Dachboden gefallen, ich solle kommen und es einfangen. Also nahm ich die häßliche Katze und trug sie zu Soldáts Schuppen, der mit aufrecht stehenden Brettern und Leitern und Holzkloben vollgestellt war und wo oben in der Luke, die zum Boden führte, jämmerlich das schwarze Kätzchen mauzte. Die alte Katze gab ein vertrautes Ächzen von sich, ein knappes Miauen, und schon kletterte das Kätzchen in den Staub herunter, und ich wollte es fangen, doch es war allzu wild und allzu verschüchtert und verkroch sich immer wieder hinter den Brettern, erst als seine Mama ein paar Töne von sich gab, die ein nachdrücklicher Befehl waren, preßte sich das Kätzchen in den Staub und schloß die Augen, und ich packte zu und hielt es fest, und auch das Kätzchen drückte sich an mich, und so trug ich es, ich spürte, wie sein Herz klopfte und war entschlossen, dieses schwarze Wesen, dieses schwarze Kätzchen zu behalten, da ich der erste Mensch war, den es gesehen hat, müsse ich bei ihm sein und müsse es gern haben, denn als ich es so trug, als ich wenige Minuten später spürte, wie sich das Katzenkind an mich preßte, da wußte ich, daß ich von diesen fünf Minuten leben würde, daß dieses Junge die Schuld von mir nehmen würde für alle Katzen, die ich totgeschlagen hatte, hatte totschlagen müssen. Und so schob ich das Kätzchen in das Knäuel der anderen, stand vorm Schuppen und lauschte, das schwarze Kätzchen hatte sich ganz tief verkrochen, unter den neun anderen, die Katzenmütter kamen und säugten alle Jungen, also auch das schwarze, das nun drei Tage lang das warme Nest auskostete und drei Tage lang glücklich war, bei den anderen Katzenjungen zu liegen. Die beiden Mütter wechselten sich nach wie vor in der Betreuung der Kinder ab, küßten sich, wann immer sie sich trafen, die Kleinen wuchsen heran, schleckten schon längst allein ihre Milch, lernten schon Fleisch essen, Fleisch von gekochtem Seefisch, und alles schien ein gutes Ende zu nehmen, fünf Kätzchen waren bereits den Nachbarn zugesprochen, und es sah so aus, als werde alles so sein wie früher. Bis eines Tages die beiden Katzenmütter in Streit gerieten, sich gegenseitig über das Grundstück jagten, sich anfauchten und sich rauften und schrien, die Ohren angelegt; kaum trafen sie sich, da balgten sie sich schon, bei uns in der Küche ließen sie sich auch nicht mehr sehen, und als sie dort doch einmal zusammentrafen, da rauften sie nicht nur, sondern schmissen auch, während sie einander hetzten, alles um, was ihnen im Weg stand, sämtliche Kaffeetöpfe und Gewürzdosen rissen sie in der Küche herunter und zerrten an den Gardinen und balgten sich, während meine Frau draußen stand und weinte und erneut jammerte, was fangen wir mit all den Katzen an? Und mir war, als hätte man mir einen Hieb zwischen die Augen verpaßt, ich rührte mich nicht und war aschfahl und war entsetzt, was ich mir mit den Katzen da aufgeladen hatte, in Zukunft würde das Grundstück bei meinem Haus für mich die Hölle sein, es stimmte nicht, was mir meine Freunde eingeredet hatten, daß ich es gut habe, daß ich in der Natur lebe und bei meinen Katzen sei und schreiben könne, nein, ich schrieb keine einzige Zeile mehr, weil sich draußen die Katzen balgten, die sich früher so geliebt hatten. Plötzlich waren alle Jungen der alten Katze verschwunden, und Frau Soldátová kam, um mir unter Riesengelächter die frohe Botschaft zu überbringen, daß die Katze, die bei ihnen auf dem Dachboden die Jungen gehabt habe, daß diese Katze ihnen fünf Junge angeschleppt habe, die säßen jetzt unter dem Autowrack, sie stelle ihnen dort Milch hin, und ich solle sie möglichst bald wieder zu uns zurückholen. Die beiden Katzenmütter hörten nicht auf, sich zu balgen, wann immer sie sich begegneten, ich holte die fünf Katzenkinder von Soldáts Grundstück ab und schaffte sie zu Autitschkos Kleinen in den Schuppen, doch in der Nacht brachte die alte Katze ihre Jungen unter das Autowrack zurück und zankte sich wieder bei jeder Begegnung mit der Rivalin, beide Katzenmütter kamen zu uns, beide waren überzeugt, jede für sich, wir würden sie mitsamt ihren Jungen wieder bei uns unterbringen, doch kaum trafen sie in der Küche aufeinander, schon beharkten sie sich und schrien furchtbar, doch sie schrien sich nicht gegenseitig an, sondern mich, ich sei an allem schuld, ich hätte mich entscheiden müssen, und trafen wir uns draußen, dann fauchten sie drohend, bis ich nach dem Postsack langte und ihn in der Hand wog; auseinanderzerren mußte ich ihn, die grobe Leinwand trennen, so verklebt war der Boden des Sackes von angetrocknetem Blut, und mit diesem Sack drohte ich den Katzen. Die Katzenmütter wußten Bescheid, ihr höheres Signalsystem sagte ihnen, daß es jetzt um ihr Leben ging, und als ich die kleinen Katzen noch einmal von Soldáts Parzelle herüberholte, waren diese am nächsten Tag mit Autitschkos Jungen wieder zusammen, und die alten Katzen hatten sich irgendwie miteinander versöhnt. Nachdem ich mich erholt hatte und ein bißchen zu mir gekommen war, ging ich eines Tages zum Schuppen hinaus und sah die Katzenjungen vor dem Kohlehaufen spielen, als die zwei Mütter erschienen, die eine mit einem kleinen Kaninchen, das schon gelähmt war vor Angst, das Kaninchen zitterte und fiepte jämmerlich, beide Katzen aber standen über ihm, und wollte das Kaninchen weglaufen, wurde es von der häßlichen Katze niedergehalten, und so hockte das Kaninchen, das unschuldige, neben ihm in Lauerstellung die beiden Mütter, die das Kaninchen so streng ansahen, als sei es ein Mörder und stehe vor einem gestrengen Gericht. Das Kaninchen fiepte vor Entsetzen, und ich mußte daran denken, wie ich einmal auf dem Grundstück einen schwarzen Hund mit goldgelben Augen in einem Winkel ein Reh reißen sah, und wie das Reh vor Entsetzen geschrien hatte, nicht weil ihm die Kehle blutete, sondern weil der Hund so häßlich war und so blutgierige goldgelbe Augen hatte. Genauso fiepte das Kaninchen, und ich wußte nicht, was ich tun sollte, in diesem Augenblick wußte ich nur eins:

Hätte ich ein Gewehr, ich würde endlich mit Lust beide Katzen totschießen, aber auf meinem Katzenfriedhof würde ich sie nicht begraben, zur Abfallgrube würde ich sie bringen und hineinwerfen, so wie man in früheren Zeiten Selbstmörder begrub, bei Nacht, an einem abgelegenen Ort und in aller Stille. Und während ich unglücklich zuschaute, wie sich meine geliebten Katzen vor meinen Augen aufführten, streckte sich das Kaninchen, noch ehe ich mich zu rühren wagte, tat einen furchtbaren Schnaufer, wurde auf einmal ganz schlaff und regte sich nicht mehr, denn es war vor Entsetzen über das, was es sah, gestorben, eingegangen vor Entsetzen darüber, daß es nichts anderes gewollt hatte als Gras knabbern und Tau trinken und daß es jetzt von den Katzen eines Verbrechens bezichtigt wurde, das es nicht begangen hatte. Nach einiger Zeit, als die Katzenmütter sich zum Schein versöhnt hatten, da sich ihre Kinder trennten, weil die Nachbarn sie sich geholt und nach Hause mitgenommen hatten, als ich jedes einzelne Junge beweinte, da ich keine Nacht schlief, wenn ein Kätzchen in die Welt hinausging, als ich mich ein wenig beruhigt hatte, weil wenigstens noch fünf Junge übriggeblieben waren, da wiederholte sich etwas, das ich schon vergessen hatte, die Sache mit Máca, der Katze, die plötzlich ihre Kinder gehaßt und mich zuerst einmal und dann immer wieder verlassen hatte, um schließlich nicht mehr wiederzukommen, so wie die häßliche Katze und Autitschko gefaucht und miteinander gerauft hatten, so prügelten sie aus heiterem Himmel auf ihre Jungen ein, die der Schreck lähmte, daß ihre Mütter ihnen gram waren. Immer wieder versuchten die Kätzchen, ihrer Mama ein Küßchen zu geben, und wollten wie früher in der Nacht bei ihrer Mama schlafen. Jetzt aber schlugen die geliebten Mütter nach ihnen, fauchten sie an, und meine Parzelle wurde zu einer einzigen Stätte des Schreckens und der Demütigung, des Fauchens und Knurrens. Und das fand schließlich seine Fortsetzung darin, daß die Katzenmütter nicht nur ihre Jungen anfauchten, sondern ihren Haß auch auf mich ausdehnten, bis die Katzenmütter zu mir nur kamen, um mir ihre Verachtung zu zeigen, ihren Haß, sie kamen einfach herein und entfernten sich wieder, nachdem ihr Auftritt beendet war, und ich stand wie vom Donner gerührt und fand für ihren Haß auf mich und den Haß auf ihre eigenen Kinder keine Erklärung. Damals mußte ich achtgeben, ich beging Fehlleistungen, mir sauste der Kopf, mein Schädel summte ohne Unterlaß wie ein Telegrafenmast, das Kleinhirn tat mir weh, und ich begann auf mich achtzugeben, um nicht verrückt zu werden von all dem, um die Suppe, die ich mir eingebrockt hatte, nicht bis zum Boden auslöffeln zu müssen, um den Verstand nicht zu verlieren. Deshalb floh ich nach Prag, zog dort durch die Straßen, von Kneipe zu Kneipe, um mir immer wieder anzuhören, wie gut ich es habe, ich lebe mit den Katzen in Kersko und kann schreiben, wonach mir der Sinn steht, überhaupt kann ich jetzt, wo ich die Moneten habe und das schöne Zuhause, endlich die wahre moderne Prosa schreiben, denn mir fehlt nichts, und es liegt ausschließlich bei mir, etwas aus all dem, worauf ich mich vorbereitet habe, etwas aus all dem zu machen, jetzt, wo ich ein Zuhause und das Geld dazu habe, kann ich die Dinge machen, über die ich geschrieben und in Lesungen so gerne gesprochen habe. Und wenn ich nach Kersko zurückkam, wurde es finster, mochte auch die Sonne scheinen, und mir war wie einem Kalb zumute, das man im Schlachthof auslädt. Begrüßt wurde ich nur von den Jungen, von den schon großen Kätzchen, Autitschko und die häßliche Katze hingegen fauchten mich wie immer an, desgleichen ihre Kinder, und ich ging wie immer zum Bach hinaus, zu der Weide, und guckte mir einen Ast aus, an dem ich mich laut Mařenkas Weissagung aufhängen könnte. Die Jungen kamen schon in die Küche, schliefen schon im Bett, doch die alte Katze und Autitschko zeigten sich nur, um mit ihren Kindern zu zanken und fauchend zu entweichen, draußen hockten sie sich in weitem Abstand voneinander nieder und schauten feindselig auf mein Haus. Und während dieser beiden Leidensmonate gewahrte ich zu meinem Schrecken, daß beide wieder trächtig waren, mit unheildrohenden Bäuchen, und als meine Frau das sah, lamentierte sie wieder, was fangen wir mit all den Katzen an? Als ich am Tiefpunkt meiner Verzweiflung angelangt war, erstand vor meinem Auge der Postsack, der blutige Sack, der immer noch im Schuppen lag, und kaum war meine Frau mit dem Fahrrad einkaufen, nahm ich wie ein Schlafwandler den Sack, ging hinaus, wo die alte Katze saß, beugte mich nieder und streichelte sie, während sie mit dem Kopf gegen meine Hand stupste, wie ein Schlafwandler machte ich den Sack auf, die alte Katze schlüpfte hinein, ich drehte den Sack fest in den Händen und rannte los, und ganz von Sinnen ... Mit dem Spaten grub ich auf dem Katzenfriedhof ein Loch und kippte das tote Tier hinein, kraftlos sackte es in die Grube, ich holte noch ein Sträußchen Pelargonien von der Veranda und schaufelte den toten Körper zu. Und zitterte, selbst die Erinnerung daran, wie diese Katze das unschuldige Kaninchen richtete, das dann vor Entsetzen starb, war mir keine Hilfe. Trotzdem hatte ich noch den Mut, ein paar Tage später mit demselben Sack zu Autitschko hinauszugehen, das mich so lieb gehabt hatte, einstmals, doch als ich den Sack aufmachte, schlüpfte sie nicht hinein, sie wollte nicht und lief in die Küche und setzte sich auf einen Stuhl, und als ich eintrat, lächelte sie mich zum erstenmal seit langem an, begann zu schnurren, ich aber war entschlossen, war von Sinnen, ich machte den Sack auf, und es geschah, was ich nicht erwartet hatte. Autitschko kroch von selbst in den Postsack, worauf ihr widerfuhr, was schon ihrer Mama, der alten Katze, widerfahren war ... Ich betrachtete die

Tote, ihr schönes Köpfchen lag zwischen den weißen Vorderpfötchen, den Söckchen, ich warf ihr die rote Blüte einer Pelargonie nach, und als ich die Grube zugeschippt hatte, setzte ich darauf, wie auf das Grab ihrer Mama und der anderen Katzen, einen schweren Sandsteinblock ...

7

Damals zog ich es vor, in Prag zu leben. Ich kaufte mir einen Dauerfahrschein für Straßenbahn und Autobus und zog auf die Sitze der Massenverkehrsmittel um. So fuhr ich tagelang durch Prag, lernte alle Vorstädte kennen, ja ich fuhr bis zu den Dörfern von Groß-Prag hinaus, um nur nicht daheim sitzen und darauf warten zu müssen, daß meine Katzen mich heimsuchten. So durch Prag fahrend, nahm ich alles, was mir entgegenkam, nahm ich durchs Fenster alles als meine Rettung wahr, jeder Fußgänger war mir ein Edelstein, jedes Schaufenster, jedes heruntergelassene Rollo und jeder Gerümpelhaufen war mir die schönste Assemblage. Ich fuhr durch Prag und starrte auf Gerüste, die ich bis zu den letzten Stockwerken erkletterte, über deren Brüstungen ich mich beugte, um mich der Türme der hinter Gerüsten verschanzten Kirchen zu erfreuen ..., ich fuhr durch Prag, und kleine Vietnamesen, die in Jeanskleidung steckten, lenkten mich von meinen Katzen ab, wohin ich auch durch Straßenbahn- oder Autobusfenster blickte, überall betraten oder verließen die kleinen und schlanken Vietnamesen, die aus weiter Ferne nach Prag geflogen waren, grüppchenweise die Geschäfte oder eilten die Straßen entlang, alle hundert Meter war ich auf neue Vietnamesen gefaßt, und sie kamen mir entgegen, als finde in Prag ein Kongreß dieser fast kindlich anmutenden Menschen statt, alle waren sie gleich angezogen, alle sahen sie aus wie Offiziere, die mit Jeanshosen und beschrifteten Windjacken verkleidet waren, alle hatten sie langes schwarzes Haar wie die Hippies, wie die Schauspieler winziger revolutionärer Bühnen. Erst diese Kreuz- und Querfahrten durch Prag machten mir bewußt, daß mir überall in Böhmen und Mähren, wohin ich auch kam, Gruppen derselben Jeanssachen und langen schwarzen Haare begegnet sind, fast alle mit kindlichen Gesichtern, die denen von Prinzen glichen, sogar als ich über Císařská Kuchyně nach Kersko gefahren war, hatte sich am Sonntagnachmittag kein Mensch im Dorf gezeigt, nur drei Vietnamesen. Um ja nicht an meine toten Katzen zu denken, fuhr ich mit den Massenverkehrsmitteln durch Prag, und am liebsten nahm ich schließlich die Siebzehner Straßenbahn von D'áblice nach Bráník, immer die Moldau entlang, wo jeder Schwan ein ausgeworfener Rettungsring für meine malträtierte Seele war, tausend Rettungsringe, tausend schöne Mädchen und Jungen in Gestalt von Schwänen, die aus weiten Fernen nach Prag herbeigeflogen waren, hielten sich in

Schwärmen nahe am Ufer, wo sie es sich als Ehre anrechneten, von braven Menschen gefüttert zu werden, und das alles nur, damit ich nicht an meine toten Katzen denken mußte. Doch bei diesen Fahrten durch Prag widerfuhr es mir öfter, daß neben meinem Straßenbahnfenster ein Lastwagen hielt und ich dicht vor mir die gequälten und verzweifelten Augen der armen Kühe sah, deren Nacken von Ketten bodenwärts gezerrt wurden, sie hoben ihre Köpfe und Augen und baten die menschlichen Augen um Hilfe, und so blickte ich im Laufe eines Tages auf Dutzende solcher Lastautos, die verzweifelte und traurige Kuhaugen zum Schlachthof schafften, und das brachte mich zu den Augen meiner Katzen zurück. Jetzt begriff ich, warum die Künstler das Leid lieben, hier in diesen Massenverkehrsmitteln ging mir auf, daß sich die Dichter und Maler bis zur Bewußtlosigkeit betrinken, weil sie das Leid brauchen, um besser zu sehen, um, wenn sie den Tiefpunkt ihres Sturzes erreicht haben, das zu erblicken, was andere nicht sehen, was das Wesen des Menschen und der ihn umgebenden Welt ausmacht. Und ich war nicht betrunken, ich hatte Angst, mich zu betrinken, weil ich Angst hatte, die Kontrolle über mich zu verlieren, Angst hatte, im Katzenjammer zusammenzubrechen. Im Grunde war ich, der ich tagelang hin und her fuhr und durch Prag streunte, im Grunde war ich bereits in genau der Situation eines Menschen, der Angst vor sich selber hat, der den Augenblick fürchtet, zu dem er letztlich immer gelangen muß, wenn er entkleidet und im Pyjama auf seinem Bett sitzt und mit ungeheurem Interesse seine Füße betrachtet, mit ungeheurem Interesse einen Zeh nach dem anderen beschaut, weil ihn jeder dieser langen Blicke auf die Füße davon abbringt, über das nachzudenken, was mit ihm geschehen, wie weit er gekommen, wie weit er bereits in die Hölle hinabgestiegen ist, die er sich selbst geschaffen hat, in die Hölle, die ihm von den Katzen bereitet wurde, die er geliebt und die er durch Mord hatte loswerden müssen. Und wie ich so in Prag aus dem Fenster sah, da stand unten mein Autochen, der Renault mit den rostroten Bezügen, und erneut war ich dort, wo ich nicht sein wollte. Wieder fuhr ich nach Kersko, wo nur noch drei Katzenjunge übriggeblieben waren, weitere zwei hatte sich Frau Pokorná aus Semice geholt, wieder fuhr ich nach Kersko, doch kaum angekommen, wollte ich schon wieder weg, alles war mir recht, nur nicht hier sein, denn als ich die Asche hinaustrug, mußte ich an den Gräbern meiner Tierchen vorbei, ich schielte hin und sah die Tierchen, wie ich sie zuletzt gesehen hatte, bevor ich sie vergrub. Ich hatte mir selber eine Falle gestellt, hatte mir eingeredet, ich sei ein Kraftmensch, ich sei ein Champion, ich sei ein Weltmeister, und nichts könne mir geschehen, als ich meine Kätzchen am Weg zum Bach begrub. Als ich dann in tiefen Gedanken Weide und Bach den Rücken kehrte und auf dem Pfad zu meinem Haus zurückging, erblickte ich unter den Birken und Kiefern mein Autochen, meinen Renault fünf, den weißen Renault mit den roten, besser orangefarbenen Bezügen, den ich mein fröhliches Autochen nannte. Und ich bedurfte keines Gramms Phantasie, um dieses Autochen in das andere Autochen zu verwandeln, in Autitschko, mein Kätzchen mit den weißen Söckchen und den rostroten Flecken. Ich war so töricht anzunehmen, daß ich mich wenigstens eines Vorwurfs entledigte, wenn ich mein fröhliches Autochen verkaufte, doch ich irrte mich, die Zahl der Vorwürfe war Legion, die Schuldgefühle, die sich in arithmetischer Reihe einstellten, wuchsen sich zur geometrischen Reihe aus, meine Pein glich einem Töpfchen Brei! Wo ich ging und stand – wenn ich nicht ausdrücklich auf mich achtgab und nicht mit aller Kraft die Erscheinungen unterdrückte, dann rückten meine Schuldgefühle durch die Tür gegen mich vor und sickerten durchs Fenster, wohin ich auch blickte, überall sah ich meine getöteten Katzen, ich dachte schon an nichts anderes mehr als an das, was mir widerfahren war und was ich getan hatte. Sogar in Prag, wo ich in die Kreuz und die Quere fuhr, dort erfaßte ich zwar die schönen Bilder, die mir entgegenkamen, die Prager Peripherie ist zwar alles andere als schön, das weiß jeder, für mich aber, den Schuldbeladenen, war alles, was ich sah, nicht schön, sondern wunderschön, allerdings nur bis zu dem Augenblick, da ich eine Katze hinter einem Fenster sitzen sah, da jemand von

Katzen zu sprechen begann, da ich in einem Schaufenster ein Buch über Katzen sah. Damit hatten meine Pragfahrten mit den Massenverkehrsmitteln keinen Sinn mehr, denn ich begann selbst dort schon Katzen zu sehen, wo es nie eine geben konnte. Um auf andere Gedanken zu kommen, verkaufte ich mein fröhliches Autochen und schaffte mir einen braunen Escort dreizehn an, eigentlich hatte ich mir einen roten Wagen gewünscht, doch die Angestellten in Řepě erklärten mir, sie würden mir ein Auto nach meinem Charakter auswählen, Rot, das sei eine Rummelfarbe, etwas für Schauspielerinnen und Sänger, nein, ich solle ruhig bleiben, man werde mir einen Escort in einer soliden Farbe aussuchen, in einer Farbe, die zu meinem Charakter passe und vor allem zu meinem Alter, mit neunundsechzig Jahren müsse ich ein Auto mit einem dezenten Farbton haben. Und als ich dann das Auto aus Řepě abholte, bekam ich ein braunes, einen braunen Escort, dessen Bezüge ich erst sah, als ich wieder zu Hause und in Kersko war, die Bezüge waren Pfeffer und Salz, beigefarbene grobgewirkte Bezüge, als seien die Sitze mit Postsäkken für den Briefverkehr bezogen. Da suchte ich nun meinen Katzen zu entrinnen, indem ich den neuen Escort fuhr, doch wenn ich einstieg, erbleichte ich und hatte das Gefühl, mich auf einen Postsack zu setzen, und wenn ich die Tür zuklappte und nach oben blickte, da erschrak ich nicht, nein, ich war dem Zusammenbruch nahe, denn auch der Himmel des Escort dreizehn war beigefarben und strukturiert, als habe man ihn mit der gleichen Leinwand bezogen, aus der man Postsäcke nähte, auch meinen Sack, der immer noch zusammengefaltet und mit angetrockneten Blutflecken in meinem Schuppen lag. Sogleich schwoll mir die Leber bis über den Rippenbogen, und im Krankenhaus Bulovka sagte man mir nach ein paar Tests, ich dürfe nicht soviel harten Alkohol trinken, denn von der Trinkerei kriegte ich eine kaputte Leber. Doch ich trank längst nicht mehr, das heißt ja, ich trank, aber nur Bier und ab und zu einen Schluck Wein. Daraus folgerte ich, daß die kaputte Leber, die mir drohte, von meinen Katzen kam, von meinem Schuldgefühl, von der Tatsache, daß ich die Katzen ermordet hatte, zwei trächtige Katzen. Ich aber wollte Sicherheit haben, möglicherweise irrten sich die Bulovka-Ärzte, so dachte ich plötzlich erschrokken, ja, ich mußte am Leben bleiben, denn vor mir lag mein letztes Buch, in dem alles stehen sollte, deshalb fuhr ich zur Sicherheit mit meinem Freund nach Sušice, zu dem Wunderdoktor und Pfarrer František Ferda, der genauso aussah wie Jaroslav Hašek. Und als wir an der Reihe waren, saß František Ferda im Sonnenschein am Schreibtisch und krakelte mit seinem Stift herum und sah tatsächlich aus wie der Autor des Schwejk, auf einmal drehte er sich um und fragte meinen Freund Jiří Anderle, was ihm fehle, warum er gekommen sei. Jirka sagte, er fühle sich, als habe er zweijährigen Sauerkohl im Schädel, und habe rasende, rasende Kopfschmerzen, so schlimm, daß er ohne Tabletten nicht einschlafen könne. Franta Ferda saß in dem Winkel am Schreibtisch, krakelte mit seinem Stift und sagte verträumt in die Ecke seines Zimmers: Ich sehe Ihre Wohnung, im Erdgeschoß, darunter fließt ein Bach, jetzt sehe ich den ersten Stock und dann den zweiten Stock, und da ist Ihr Arbeitszimmer, ich sehe, Ihr Haus wird mit Öl geheizt, es ist eine Zentralheizung, ich sehe den Schornstein, der vom Erdgeschoß durch alle Stockwerke geht, ich sehe den Schornstein auf dem Dach, aber ich sehe ... ich sehe, daß der Rauch in Ihr Arbeitszimmer dringt, und davon tut Ihnen der Kopf weh, entsetzlich weh! Er wandte sich zu uns um und sagte Jiří ins Gesicht: Alles klar, den Schornstein reparieren lassen, mit den Schlafmitteln aufhören und dafür vor dem Schlafengehen ein Glas Sliwowitz trinken ... Dann drehte er sich um und tippte eine Weile auf der Schreibmaschine, zwei Zeilen schrieb er und reichte Jiří das Blatt und fügte hinzu: So, da steht, was Sie noch zu tun haben. Und Sie? wandte er sich an mich, was ist mit Ihnen? Ich sagte, meine Leber sei geschwollen, mir tue die Hüfte weh, und man drohe mir mit einer kaputten Leber. Franta Ferda drehte sich nicht zur Ecke um, sondern schnarrte mich sogleich an: Hören Sie, was soll diese Farbe, wie können Sie mit so einer Farbe leben, die Sie erschlägt, auch hierher sind Sie in braunen Sachen gekommen, aber was soll die braune Farbe bei Ihnen zu

Hause? Warum haben Sie, Menschenskind, eine Vorliebe für Braun, wissen Sie denn nicht, daß Braun für Sie das Grab bedeutet? Und erzürnt setzte er sich an den Schreibtisch und tippte auf der Schreibmaschine und gab mir den Zettel, ich solle nur in gemahlener Eichenrinde baden, solle mir die Augen mit Kristallzucker ausreiben. Und als wir gingen und für die Arzneien gewisse Geldscheine daließen, die er nicht anrührte, als wir uns verbeugt hatten und rückwärts hinausgegangen waren, machte František Ferda noch einmal die Tür auf und brüllte mir nach: Die braune Farbe! Damit schmetterte er die Tür zu. Auf dem Heimweg fuhr Frau Milada das Auto, und Jiří berichtete ihr, was Franta Ferda ihm gesagt hatte: daß der Rauch bei ihnen eindringe und die Abgase von der Zentralheizung, daß bei ihnen oben alles vom Öldunst verpestet sei ... Aber wie hat er unser Haus sehen können? grübelte Jiří. Seine Frau Milada erinnerte sich beim Fahren: Richtig, im Frühjahr waren die Handwerker da und haben mir die Feuerung der Zentralheizung repariert, und richtig, sie haben mir gesagt, daß Rauch austritt, und richtig, sie haben mir gesagt, ich sollte noch mal vorbeikommen, doch ich bin nicht hingegangen, und Jirka, unser Ofen qualmt wirklich ... Wir schwiegen und dachten daran, wie Franta Ferda das ganze Haus von Jirka gesehen hatte, und ich grübelte, wie er in meine Schränke hatte blicken können, wo tatsächlich fast alle Kleider, alle Windjacken, alle Sachen braun waren, einschließlich der Schuhe und Socken. Und als mir dann einfiel, daß mir die Leute von der Firma Tuzex auch gegen meinen Willen den braunen Escort geliefert hatten, da erkannte ich, daß alles, was ich durchgemacht hatte, mein Schicksal war, daß ich auch weiterhin meine braunen und beigefarbenen Windjacken tragen, daß ich auch weiterhin den braunen Escort fahren würde, daß ich mich gewissermaßen im Schlepptau feindlicher Kräfte befand, daß nicht ich, sondern die Götter so entschieden hatten, daß alles im Grunde von außen über mich gekommen und ich nur ein Opfer von Kräften war, auf die ich keinen Einfluß mehr hatte. Bereits damals, als wir uns den Nachtspeicherofen bestellt hatten, wollten wir blaue Kacheln haben, doch der Ofen, der dann kam, war braun ... Ich zuckte die Schultern und ging den Pfad zum Bach hinunter, blieb eine Weile vor dem Katzenfriedhof stehen, schaute und gedachte der schönen Zeiten, die wir verlebt hatten, ehe das Schicksal von draußen gekommen war, nicht an mir lag es, nicht daran, daß ich verrückt geworden wäre, daß ich ein Psychopath zu werden begann, nein, die Kräfte von außen hatten beschlossen, sich gegen mich zu verschwören, und ich kämpfte, ich wollte nicht akzeptieren, was ich getan hatte, akzeptierte aber schließlich doch alles, stimmte allem zu, auch wenn ich wußte, daß ich nie mehr glücklich sein konnte. Und schon packte ich die drei Kater, die mir geblieben waren, einer hatte das rote Fell von Autitschko, einer war getigert, und der dritte war schwarz und glänzte wie ein gewienerter Stiefelschaft. Als ich ihnen aber in die Augen blickte, gewahrte ich darin nicht die Spur des Gefühls jener Katzen, die im Sand neben dem Weg zum Bach lagen, doch was war zu tun? War ich die ganze Zeit über auch bleich und verquollen gewesen, mochte ich auch vor meinem Spiegelbild zurückgeschreckt sein, jetzt, nach dem Besuch bei dem Parapsychologen Franta Ferda, war ich ruhig geworden, ich lächelte schief, beugte mich zu den Katerchen nieder, spazierte mit ihnen wieder in den Mondnächten um den Zaun herum, meine Frau hatte die weißen Staketen mit weißer Farbe gestrichen, so daß ich das Gefühl hatte, eine Kompanie von Gerippen abzuschreiten, Skelette an mir vorbeidefilieren zu sehen, ein fünfzig Meter langer Zaun mit einer weißen Pforte und weißen Latten, an denen ich nächtens entlangwanderte, begleitet von den drei Katern, die durch die Staketen hüpften, trippelten, wegliefen, um wieder unter dem Zaun hindurchzuschlüpfen und mir entgegenzulaufen. Ich nahm sie in die Arme, drückte sie an mich, erzählte ihnen glorreiche Geschichten von allen unseren Katzen, und die Kater hörten zu, obwohl sie es nicht verdienten, und ging ich ein Stück weiter zum Grundstück meines Bruders, dann warteten sie dort so lange, bis ich wieder herauskam, machten Luftsprünge und zeigten mir, wie glücklich sie waren, daß ich wieder bei ihnen auf dem Pfad war, daß ich an dem weißen Zaun entlangschritt, über den Birken und Kiefern ihre Zweige neigten, sie überholten mich, die Kater, blieben stehen, warfen sich in den Sand und warteten darauf, daß ich mich herabbeugte und sie streichelte oder sie aufnahm und an meine Wange drückte. Das war diesen Katern, wie übrigens meinen früheren Katzen auch, das liebste: hochgehoben, an die Wange gedrückt zu werden und einen Augenblick so zu verharren, denn alle Katzen und diese Kater auch schlossen für einen Moment die Augen, genauso wie ich. Für einen Augenblick fielen unsere Sicherungen aus, und wir verbrachten eine halbe Sekunde in großer Nähe. In diesen Tagen begriff ich auch die tiefe Verquickung der Ereignisse, die weder um ein Sekündchen noch um einen Millimeter verrückt werden durften, alles was geschehen war, alles für mich Günstige wie Ungünstige, alles das kehrte sich mit der Schneide gegen mich, und ich hatte in dieser Zeit das Empfinden, daß die Hand, die mein Schicksal schrieb, daß diese Hand nicht die meine war, ja, ich wußte ganz sicher, daß diese Hand einem Fremden gehörte, der meine Bewegung nach Belieben um eine Sekunde verlängerte oder ihr um eine Sekunde vorgriff, und was ich auch tun würde, alles schien längst für mich hergerichtet zu sein, selbst das, was ich erdacht zu haben meinte, war sozusagen schon längst besorgt, ich steckte nur den Schlüssel in eine Tür, die sich zwar durch mich öffnete, doch allein für mich hingestellt war...

8

In jenen Tagen, da ich schon verzweifeln wollte über meine Katzen, die immer in der Frühe an mein Bett kamen und den Augenblick abpaßten, wenn ich, klatschnaß und geschwächt vom Schweiß über das Nichtsein nachdachte, in diesem Augenblick kamen sie herbei, ohne Vorwurf, sie hockten nur da und schauten mich an, und ich in meinem Halbschlaf war außerstande, die Augen von ihnen zu wenden, und alle diese toten Katzen und Katzenkinder versetzten mir, nur indem sie mich anschauten, den Todesstoß. In jenen Tagen erhielt ich eine Vorladung zum Nationalausschuß, ich war als Zeuge geladen, der Nachbar Herr Polách bezichtigte die Nachbarin Frau Soldátová, sie schieße seit über fünfzehn Jahren aus einer Öffnung in ihrem Kammerfenster auf Singvögel und Eichhörnchen und töte sie. Vor allem Singvögel, ja, auch sein Sohn könne das bezeugen, und vor allem ich, der Schriftsteller, der gegenüber wohnt, ich könne bestätigen, daß die Menge der totgeschossenen Singvögel nicht nach Haufen, sondern nach ganzen Wagenladungen zähle. Ich saß also eines Abends im Nationalausschuß, Genosse Černý, der Vorsitzende, verlas die Anzeige Herrn Poláchs, der wegen dieser zu Tausenden totgeschossenen Singvögel schon zweimal zur Kur habe fahren müssen, so sehr habe ihn das, wie er mündlich ausführte, so sehr habe ihn das mitgenommen, daß er davon krank im Kopf geworden sei, mit bloßem Auge sehe man ihm an, daß er unablässig schwitze, daß seine Augen ganz blutunterlaufen seien, und Tabletten müsse er nehmen, nur weil ihm am Morgen, an jedem Morgen all die Singvögelchen erschienen, all die Meisen und Finken, all die Spechte, die Elstern und Baumläufer und Goldammern, sie kämen zu ihm, umflögen in der Frühe sein Bett und klagten Herrn Polách zwitschernd ihr Schicksal und erzählten, wie sie unversehens von den Zweigen der Walnuß- und der Obstbäume in Frau Soldátovás Garten fielen, und alle diese Vögelchen schrien so durchdringend, daß Herr Polách es im Kopf gekriegt habe, und deshalb fordere er den Nationalausschuß auf, Abhilfe zu schaffen, mehr wolle er nicht, er werde die Körbe voller toter Vögelchen nicht mehr lebendig machen, doch Herr Polách wünsche, daß Frau Soldátová ihm die beiden Luftbüchsen übergebe, er werde sie vernichten, ja, er werde ihr die furchtbaren Waffen sogar bezahlen, nur um die Gewähr zu haben, daß die Frau Nachbarin nicht mehr aus dem Fensterchen schieße, dann werde er, Herr Polách, sich erholen und das Institut und die psychiatrische Heilanstalt vielleicht nicht mehr aufzusuchen brauchen, und die Vögelchen würden nicht mehr des Morgens herbeifliegen und ihm ihr Leid klagen. Der Vorsitzende des Nationalausschusses forderte mich auf, alles zu sagen, was ich wisse. Und ich erklärte, daß ich zwar hier und da ein totgeschossenes Vögelchen gefunden, daß ich zwar

Schüsse gehört hätte, manchmal sei auch auf meiner Parzelle Schrot gegen einen Ast oder einen Baumstamm geprasselt, doch nie habe ich Frau Soldátová schießen sehen, nie habe ich sie mit geschulterter Waffe erblickt, das sei alles. Und ich sah, wie Herr Polách, der Beschwerdeführer, rot anlief, wie seine Augen wieder blutig rot wurden, wie er sich mit einem großen Tuch über das schweißnasse Gesicht fuhr, doch das Tuch reichte nicht aus, so daß Herr Polách sich den Schweiß mit der Hand abwischte und die Schweißtropfen händeweise an Hosen und Mütze verrieb. Plötzlich brach er los, jawohl, es sei wahr, Frau Soldátová schieße aus der Kammer auf die Vögel, deshalb habe auch er sie nicht gesehen, doch er dehne die Beschwerde gegen Frau Soldátová auch auf mich aus, ewig hätte ich ein paar Katzen, manchmal acht Stück, und diese Katzen, meine Katzen, fingen Vögel und lebten davon, besonders wenn ich nicht auf meinem Grundstück sei, und meine Katzen hätten schon tausend und mehr Vögel umgebracht, wenn das so weitergehe, dann bliebe in Kersko nicht ein einziges Vögelchen übrig, und allein der Gedanke, auf jeder Parzelle in Böhmen gäbe es nur zwei Katzen, lasse doch erkennen, daß es aus sei mit sämtlichen Singvögeln, genauso müsse Frau Soldátová moralisch bestraft werden, denn wenn auf jeder Parzelle, auf der ein Gebäude steht, wenn da jeder Besitzer durch eine Fensterluke auf die Singvögel schieße, dann bedeute das das Ende für die schönen Sänger.

Ich und meine Katzen seien nichts anderes als Frau Soldátová und ihre beiden Luftbüchsen. Und als ich diese Worte vernahm, wurde mein Gesicht heiter, denn nach langer Zeit hatte ich das schöne Gefühl, wirklich etwas zu leisten, denn indem ich meine Katzenkinder, meine Katzen, umbrachte, trug ich doch dazu bei, daß meine Katzen nicht mehr, wie auch Frau Soldátovás Schußwaffen, die Vögel in den Nestern umbrachten, die Vögel in den Zweigen, und im Geiste bedankte ich mich dafür, als Zeuge dieser Hekatombe von Singvögeln vorgeladen zu sein, denn damit hatten meine Taten, meine Morde einen Sinn, und ich war eigentlich ein Naturschützer. Ich ergriff das Wort und erklärte, Herrn Polách's Bemerkungen seien richtig, ja, ich gebe zu, daß die Katzen nicht nur die Feinde der Singvogelwelt seien, sie wagten sich auch an Fasane heran, und hätten sie Junge oder Hunger, dann jagten sie sogar junge Hasen und Wildkaninchen, jawohl, auch ich habe, selbst wenn ich nicht vorgeladen worden wäre, auch ich habe gewußt, was meine Pflicht ist, und habe die überzähligen Katzen und Jungen abgeschossen oder auf andere Weise beseitigt, und nun besitze ich nicht mehr als drei halbwüchsige Junge, und die seien sowieso schon versprochen, also brauchte ich nicht das Einverständnis der Nachbarn einzuholen, ja, mir sei bekannt, daß es eine Vorschrift gibt über das Halten von Katzen und Hunden auf Grundstücken und in Gebäuden, welche an die von Nachbarn angrenzen.

Und als ich spürte, wie bei dieser Anklagerede gegen meine toten Katzen das Schuldgefühl von mir wich, da fügte ich von mir aus noch hinzu, ja, ich bedauerte, daß es im Forst keine Adjunkte mehr gebe, wie früher unter Hiross und dem Fürsten Hohenlohe, wo die Adjunkte die Parzellen durchstreift und die Katzen und Hunde abgeschossen hätten, nur um das Wild und die Singvögel zu schützen. So schloß meine Zeugenaussage und verwandelte sich in die Rede eines wetternden Staatsanwaltes, sogar die Augen ließ ich rollen und drohte, sowie ich zu Hause sei, im Namen der Singvögel auch die drei Kater zu beseitigen, die mir geblieben waren, und der Vorsitzende des Nationalausschusses bedankte sich bei mir und bedankte sich auch bei Herrn Polách, der Tabletten schluckte, da meine Ansprache seine Situation noch verschlimmert hatte, denn meine Ansprache hatte die Körbe voll toter Singvögel noch um weitere Kiepen und Scheffel voll schöner und unglücklicher Leichen von Meisen und Grasmücken, von Goldammern und Baumläufern und sonstigem Vogelgetier vermehrt, das jetzt erst recht, wie er mir dann sagte, in der Frühe, wenn er nicht schlafen könne, wieder zu Tausenden und Tausenden sein Bett umflattern und den Tablettenkonsum sowie den Besuch der psychiatrischen Heilanstalten steigern würde. Und da Frau Soldátová, gegen die sich Herrn Poláchs Anzeige und Beschwerde richteten, nicht erschienen war, beendete der Vorsitzende die Zusammenkunft, ließ das

Protokoll verlesen, und da Herr Polách von seinem Sohn aus Hradištko mit dem Auto hergebracht worden war, nahm man mich bis Kersko mit, so daß ich mir drei Kilometer lang und anschließend noch ein komplettes halbes Stündchen im Auto, das in der Allee bei mir unter der Laterne hielt, anhören durfte, was für ein gräßlicher Mensch ich sei und daß Herr Polách sich wundere, wie ich Schriftsteller sein könne, der ich leugnete, Frau Soldátová schießen gesehen zu haben, eigentlich habe ich Frau Soldátová aus der Sache rausgehauen und Herrn Polách zusätzlich mit der Vorstellung belastet, auf welche Weise und wie sehr meine Katzen die Singvögel liquidiert hätten und immer noch liquidieren, alle diese unschuldigen Vögelein, welche die Werktätigen aufheiterten, wenn sie Urlaub machten, wenn sie von der Arbeit heimkämen, wenn sie die Fenster ihrer Häuser an der Peripherie öffneten, ja auch die Fenster in der Stadt, wo die Parks nur so brausten von Vogelsang, der den Sozialismus aufbauen helfe, und er müsse sich hier mit dem Nationalausschuß rumstreiten und so selbstverständliche und klare Dinge anzeigen wie die Tatsache, daß in jeder Saison scharenweise Singvögel verschwinden, dank den Luftbüchsen und dank den Katzen. Als Herr Polách seine Rede schloß, im Halbdunkel des von oben angestrahlten Autos über und über glänzend, wünschte ich ihm viel Erfolg in seinem weiteren Kampf um die Erhaltung der Singvögel und sagte, er sei ein tapferer

Mensch. Und da beugte sich in dem matten und diffusen Licht ein Lockenkopf vom Rücksitz zu mir herüber, fast berührte sein Mund mein Ohr, ich wich zurück, hinten saß ein aufgeschossener Jüngling, Herrn Polàchs Sohn, und als ich meinen Kopf wieder ins Profil drehte, brachte der Jüngling erneut seinen Mund an mein Ohr und wisperte: Nun, Herr Hrabal, und diese armen Kühe, diese Chagallschen Kühe? Wir müssen auch beim Schlachtvieh für einen humanen Umgang kämpfen ... ach, diese armen Chagallschen Kühe! Auf manchen Schlachthöfen, in den Städten, wo die tierärztlichen Hochschulen sind, da kommen ganze Klassen künftiger Tierärzte, das Vieh, das auf die Hinrichtung wartet, steht da, und die Schüler holen unter Anleitung ihres Professors ihre künftigen Instrumente und Gerätschaften raus und öffnen den lebenden Kühen die Brust, damit jeder weiß, wie ein lebendes Herz aussieht, eine lebende Lunge, eine lebende Leber, eine lebende Milz, lebende Mägen, und der Professor zeigt und erklärt, wie die lebenden Organe einer Kuh aussehen, und niemand beachtet die lebenden Kuhaugen ... Herr Hrabal, diese Augen, von denen die Dichter des alten Griechenland sagen, sie gleichen den Augen der Göttinnen, Aphrodite war kuhäugig, die schönsten Augen auf der Welt ... Herr Hrabal, die Griechen und die anderen alten Nationen haben gewußt, daß es Mord ist, eine Kuh zu töten, deshalb haben sie ihre Schuld mit den Göttern geteilt, haben die schönen

Kühe und Stiere den Göttern geopfert, haben sich das vergossene Blut geteilt und das Gefühl der Schuld auch an ihre Götter weitergegeben, und wir bringen heute straflos in den Schlachthöfen die Tiere um, doch dessen nicht genug, noch vor dem Mord wühlen sich die künftigen Tierärzte den lebenden Tieren in die Eingeweide, um die Dinge, die sie nur theoretisch aus den Lehrbüchern kennen, zu lernen und zu erfahren ... Herr Hrabal, dagegen muß man etwas tun, und da mache ich mit, denn diese unschuldigen Kuhaugen, diese Augen der Schlachtrinder, der armen Chagallschen Kühe, diese Augen klagen nicht nur mich des Mordes an, nicht nur Sie, sondern die ganze Menschheit, und manchmal, Herr Hrabal, muß ich achtgeben, daß ich nicht sterbe von diesen Bildern ... So redete der junge Mann auf mich ein, seine Lippen bewegten sich an meinem Ohrläppchen, und wieder sah ich die Augen meiner Kätzchen, die ich totgeschlagen habe, die vorwurfsvollen Augen, diese Augen, die nicht ahnten, daß ich sie totschlagen würde, die aber genau wußten, daß sie mich liebten, daß sie in meinem Bett ihre Jungen warfen, daß sie Vertrauen zu mir hatten, den maßlosen Glauben, allein mit mir und bei mir glücklich zu sein, und ich schlug sie im Postsack wie schädliche Wiesel tot, weil sie mir einen Singvogel anschleppten, weil sie mir junge Rebhühner anschleppten und Fasanenküken, weil sie mir kleine Kaninchen anschleppten, doch sie konnten nichts dafür, sie taten alles, um mir in gutem Lichte zu erscheinen, um mich mit ihrer Beute zu ehren, und wenn, dann solle ich sie totschießen lassen, dann möge ein Forstadjunkt kommen, ein Jäger, dann möge ein anderer als ich sie töten, ja, ich war schuldig, nicht weil ich sie umgebracht, sondern weil ich die Liebe getötet hatte, und das ist meine Schuld, ich selbst bin in meinen Augen schuld, und wenn sie in der Frühe zu mir kommen und immer kommen werden, dann komme ich eigentlich selbst, um mich anzuklagen, weil ich das Gefühl der Schuld habe und haben werde, solange ich auf der Welt bin, nicht anders als Herr Polách, der unschuldig war und von hitzigen Vorstellungen über alle Vögel heimgesucht wurde, die von Luftbüchsen getötet oder von meinen Katzen erwischt worden sind, wie Herr Polách, dessen Bett die Vögel am Morgen, gleich meinen Katzen bei Tagesanbruch, weiterhin mit Gezwitscher und entsetztem Geschrei säumen werden, genauso wie der junge Mann, der ebenfalls in der Frühe aufpassen muß nicht zu sterben, wenn ihm die vorwurfsvollen, stillen Augen der Chagallschen Kühe erscheinen ... Ich schluchzte los und stieg aus dem Auto aus, schlug die Tür hinter mir zu, das Auto fuhr ab, und ich ging weiter, vom Licht der hohen Natriumlampe besprenkelt, betrat die Allee, wo die weißen Latten meines Zaunes blinkten. Nun ging ich im Dunkeln, und die drei halbwüchsigen Katzenkinder liefen mir entgegen, umschmeichelten meine Beine, rannten mir mit großen Sprüngen voraus, um wieder zu meinen Füßen zurückzukehren, sie schubberten sich an mir und rannten weg und kamen wieder, um mir zu zeigen, wie sehr sie mich liebten, nicht anders als ihre Mütter, die mich geliebt hatten und die ich trotzdem totschlug.

9

Zu dieser Zeit konnte ich mich nicht genug wundern, wie sich mein Leben einmal auf und gleich wieder ab bewegte, einmal nach rechts und gleich wieder nach links, ich preschte durch die Welt wie ein durchgehendes Gespann, an dessen Zügeln ein besessener und rasender Kutscher zerrte. Aber ich war schon anderswo, ich verbeugte mich nicht nur vor den Bäumen wie die Lehrerinnen, denen meine Parzelle vor langen Jahren gehört hatte, ich verbeugte mich auch vor den drei Katern, verbeugte mich vor meinem Spiegelbild und lächelte mir zu, da ich keine Angst mehr vor mir hatte. Ich wußte, ich hatte das Gefühl, einen Zaum im Kopf zu haben und gelenkt zu werden, egal wie und wohin, eben das schöne Gefühl, daß alles für mich bereitgelegt ist wie für einen Bräutigam oder wie für die Jungfern und Burschen im Trauerzug ... Zu dieser Zeit stand ich über allem, über mir selbst, ich konnte mir bereits den Luxus erlauben, mir allein die geschwollene Leber abzutasten und mir ins Gesicht zu sagen: Na und? Eine kaputte

Leber ...?, ach, mit diesem absterbenden Leib bin ich sowieso schon außer Gefahr, was auch geschehen mag, allem kann ich schon beipflichten, weil ich alles durchlaufen habe ... Und eines schönen Morgens, als meine Frau und ich nach einer bestimmten Behörde suchten, obwohl wir nur hätten anzurufen brauchen, daß wir die Miete bezahlt haben, denn wir besaßen ja die Quittung, da fuhren wir mit dem Escort dreizehn so lange zwischen Střížkov und D'áblice hin und her, bis wir das Amt gefunden hatten, einmal hielten wir sogar vor dem Wasserturm in Střížkov, und meine Frau fragte ein altes Weib, wo die Bímova-Gasse sei. Dann breitete sie einen Stadtplan aus, und beide suchten auf der Karte, dem Plan der Hauptstadt, nach der Bímova-Gasse. An unserem Escort vorbei kamen, unter lebhaftem Geplauder, zwei Postfrauen, sie gingen an mir vorüber, ich hätte nur das Fenster herunterzukurbeln und die jungen Postfrauen zu fragen brauchen, doch ich wußte schon Bescheid, ich wußte, daß alles, was mich verlangsamt, mich auch beschleunigt, ich blieb sitzen, und dann fuhren wir in die Richtung, in die uns das alte Weib mit dem Regenschirm schickte, doch das war wieder woanders, also fuhren wir dauernd langsamer und dauernd schneller und vertaten schließlich die Zeit, die nur unsere, nur die Zeit war, die eigentlich mir gehörte, nur noch mir, denn gestern, als meine Frau das zusammengeharkte Heu und damit alles verbrannt hatte, was nicht mehr taugte, da war ich in den Schuppen gegangen, und der Postsack war weg. Neben der Weide, am Bach, stieg Rauch auf, und ich fragte meine Frau, nur um Gewißheit zu haben, hör mal, im Schuppen, da hat ein alter Postsack gelegen, hast du den verbrannt? Und meine Frau nickte, ja, gewiß doch, denn hätte man den bei uns gefunden, dann wäre man womöglich auf den Gedanken gekommen, wir seien es, die den Postwagen in Čakovice beraubt hätten, vor Jahren, als eine Million und mehr verschwunden waren ... Ich ging am Katzenfriedhof vorbei, den Pfad hinunter, und suchte in der Asche, stocherte mit einem Stöckchen und fand nur noch Ösen, Messingösen und die feine Aschenstruktur, die vom Gewebe des Postsacks übriggeblieben war ... Schließlich entdeckten wir das Amt doch noch, und meine Frau lief hinein und wedelte den Beamtinnen triumphierend mit der Quittung vor den Augen herum, jawohl, sie habe bezahlt, es stimme nicht, daß sie die Miete für Juli nicht bezahlt habe, wie sie ihr geschrieben hätten. Dann setzte sie sich genüßlich ins Auto, und wir fuhren los, sie bebte vor Zorn, wie man ihr so was habe schreiben können, wir fuhren aus der Stadt hinaus, und die Sonne schien, wir durchquerten die Peripherie und wollten schon tanken, sagten uns aber, es sei besser, auf der Rückfahrt zu tanken, dann fuhren wir durch Počernice und dann durch Nehvizdy, gleich darauf ging es bergab, und wie wir so zur Tankstelle Mochov hinunterfuhren, kamen uns bergauf ein Ferntransporter und ein Lkw mit Anhänger entgegen, wir hatten das Gespann kaum passiert, als ich eine blaue Fläche vor mir sah, und schon krachte es mörderisch, wie die Siegesfanfare am Ende einer Sinfonie, die Frontscheibe flog raus und zersprang in tausend bunte Splitterchen, für einen Moment verschwand das Licht, und dann ein Aufprall ... Und Stille und ein Geruch nach verbrannten Knochen, als ich die Augen aufschlug, war ich von Glassplittern übersät und glaubte, den Schluß von Liszts Les Préludes zu hören, ich hing im Auto, die Beine nach oben, auch meine Frau hing kopfüber neben mir, ihr Haar sah komisch aus, so hingen wir eine Weile und fragten uns, wann wir nach diesem Zusammenstoß zu sterben, wann wir zu bluten anfangen würden. Doch nichts geschah, nur eine große Stille, und dann sah ich in meiner Kopflage einen Schlosseranzug, drückte auf den Knopf des Sicherheitsgurtes und fiel kopfüber hinunter, Menschenhände zogen mich raus, und die Augen über diesen Händen waren entsetzt, auf der anderen Seite zogen Menschenhände auch meine Frau heraus, sie wimmerte und begann zu weinen ... Was ist uns passiert? fragte sie, und ich sagte: Was hast du mir bloß angetan? Dann stand ich auf, im Hintergrund war die Tankstelle, in der Vormittagssonne stand quer ein Lieferwagen, die blaue Seitenwand eines Lieferwagens, und im Straßengraben lag unser brauner, unser schokoladenfarbener Escort Nummer dreizehn auf dem Dach, bis zur Unkenntlichkeit verunstaltet ... und am Kühler des Lieferwagens lehnte der Fahrer, er war blaß und rauchte schon, einen Ellbogen aufgestützt, und sah uns feindselig an und zuckte die Schultern und sagte: Ich hab' Sie nicht gesehn ... Und ich stiefelte um die Unglücksstelle herum, Glasgesplitter verstreuend, tastete mich ab, am Kopf verlor ich etwas Blut, ich tastete mich noch einmal ab und stellte fest, daß mir ein paar Rippen gebrochen waren, sie knackten unter meinen Fingern, ich ging auf und ab, kam bis zur Tankstelle, wo man meine Frau abwusch, bald erschien ein Krankenwagen und dann noch einer, und dann fanden sich Polizisten in einem gelben Auto mit der Aufschrift VB ein, und als die Polizisten unser Auto sahen, wurden sie blaß ..., und ich ging auf und ab und empfand klar und deutlich, daß dieses Auto, daß das der Punkt hinter allen meinen getöteten Katzen war, daß meine Himmel, die über uns waren und unsere Geschicke lenkten, jetzt versöhnt waren ..., und ich lächelte, als man mich aufforderte, in den Krankenwagen zu steigen, Glassplitter rieselten mir aus der Jacke, ich lächelte auch in der Röntgenabteilung des Nymburker Krankenhauses und lächelte, als man mir den Kopf mit Jod bepinselte und mir die gebrochenen Rippen verband, ich lächelte die ganze Woche über, als ich im Krankenhaus Nymburk lag, aus den Haaren fielen mir ein paar Glassplitter, sie brachten mir Glück, denn ich war gerettet. Wer mich auch fragte, wie ich diesen Unfall überstanden habe, dem sagte ich unter großem Lachen, es sei herrlich gewesen, es habe der stärksten aller moralischen Sinfonien geglichen. Mit mir im Krankenhaus lag auch der unglückliche Fahrer, dem es so ging wie mir und meiner Frau, auch er konnte nie eine einzige Sekunde erübrigen, konnte nicht eine Sekunde vertun, und so hatte geschehen müssen, was geschehen war, wie ich zu allen sagte: Es war herrlich ... und zu mir selbst sagte ich, falls ich einmal aus dieser Welt gehen will, dann gibt es keinen schöneren Weg als den meines geliebten Jackson Pollock, dieses Malers der gestischen Malerei, dieses Dripping-Malers, der, nachdem er das Schönste gemalt hatte, was ich je gesehen habe, nachdem er eine Zisterne voll Whisky ausgetrunken und etliche Klafter Pall Mall verpafft hatte, in der Cedar-5-Bar sein Abendbrot aß und mit dem Wagen losfuhr, um mit dem Leib und der ganzen Seele zu erfahren, was mein verpfuschtes Schicksal an mir versucht hatte, um so zu verunglücken, daß er auf der Stelle tot war. Als mich ein Polizist, ein angenehmer junger Mann, fragte, ob ich auf der Anzeige bestünde, erklärte und unterschrieb ich, ich bestünde auf nichts, denn was ich erlebt habe, sei herrlich gewesen, doch der Chauffeur Herr Máchal, der wurde ein Schuldgefühl nicht los, weil er nicht gesehen hatte, daß er mit dem Glück des Tapferen von der Neben- auf die Hauptstraße eingebogen war, womit er sich selbst belastete, womit er mir aber mein Schuldgefühl gegenüber allen Katzen nahm, die ich getötet hatte, und sie hatten es mir mit dem heimgezahlt, was auf der Kreuzung geschehen war. Dann saßen Herr Máchal und ich auf dem Krankenhausbett, ich hielt seine Hand, und weil er mich immer wieder fragte, ob ich ihm wegen des Zusammenstoßes auch nicht böse sei, antwortete ich im gleichen Ton und sagte ihm mehrmals, wobei er so sehr lachte, daß sich sein verletztes Gesicht zur Grimasse verzog: Herr Máchal, wenn Sie Pech haben, dann stoßen Sie selbst im Bett auf einen Nagel ... Und sogleich traten mir wieder meine drei Kater in Kersko vor Augen, und ich hielt das für einen Wink des Schicksals, so rasch wie möglich nach Kersko zurückzukehren und ihnen so rasch wie möglich Milch zu geben und so rasch wie möglich wieder bei Nacht mit ihnen um den weißen Lattenzaun herumzugehen und ihnen zu erzählen, was es in unserer großen Familie der Katzen und Kater an berühmten Dingen zu berichten gab, und dann, vom Augenblick beeindruckt, die drei Kater nacheinander auf den Arm zu nehmen, sie an mein Gesicht zu drücken und ihnen die Liebesworte zuzuflüstern, die ich allen zugeflüstert hatte, welche von uns gegangen, welche uns voraufgegangen waren, sei es durch einen unglücklichen Zufall oder durch meine Hand. Und außerdem mußte ich lachen und staunen, wie sich unsere Parallelen so an der Tankstelle Mochov überkreuzt und verschlungen hatten, denn wie ich von Herrn Máchal erfuhr, hatte er sein Häuschen in Nymburk von

Herrn Maryska, meinem Freund, meinem Erzieher, gekauft. Herr Máchal war also der Besitzer des Häuschens, wo Herr Maryska und ich zehn Jahre lang in einem Kabuff unsere ersten Gedichtchen verfaßt hatten, unser neopoetisches Manifest, und uns betrunken hatten, erfüllt von dem großen Glück, erkannt zu haben, was Surrealismus hieß und was das wundersame Zusammentreffen bedeutete, das nicht nur Surrealisten verband, sondern, wie ich sah, auch mich und Herrn Maryska und Herrn Máchal, der nun das herrliche Häuschen besaß, wo wir so glücklich gewesen waren, und es war ein Wink des Schicksals, daß wir in den Klauen der Sphinx lagen, die unseren jugendlichen Weinberg hielt, und daß sich unser Kreis dank dem Glück im Unglück bei der Tankstelle Mochov geschlossen hatte, dank jener Havarie, die meine Schuld aus dem Strafregister tilgte. Denn ungestraft darf man nicht ein einziges Kätzchen totschlagen. Was fange ich mit all den Katzen an?

EPILOG

An einem frühen Abend ging ich zu dem zugefrorenen Fluß hinaus, meine gebrochenen Rippen schmerzten immer noch, aber ich war schon eine Woche nach dem Unfall wieder auf dem Damm, nein, das nicht gerade, doch mein Vorbild war Franta Šťastný, der sich, als er sich zwei Rippen bei zweihundertfünfzig Punkten brach, den Brustkasten mit einer Binde einschnüren ließ und es schaffte, zwei Stunden nach den zweihundertfünfzig mit dreihundertfünfzig zu siegen. Die Sonne ging bereits unter, der Himmel im Westen war rosig, und kaum wölbte sich über mir der blaue Himmel, da begann dort ein zitternder Stern zu flimmern. Als ich durch ein Wäldchen kam, scheuchte ich ein Rudel Rehe auf, sie hatten sich gerade mit den Hufen den Schnee und das Fichtenreisig weggescharrt und sich im Sand ihre Lagerstellen ausgehackt, und ich war unglücklich, denn wieder hatte ich Schuld auf mich geladen, indem ich die Rehe aufscheuchte. Doch was tun? Nach diesem für mich so glücklichen Unfall war ich irgendwie langsamer geworden, war ich da, wo ich mich befand, irgendwie glücklich, ich hatte nicht einmal Lust, mit dem Bus nach Prag zu fahren und von Prag wieder zurück nach Kersko, ich saß gern daheim, die Kater schliefen immer nur, sie hätten bis in die Ewigkeit schlafen können, alles war ihnen gleichgültig in diesem Herbst und Winter, sie aßen sich satt und schliefen, und ich konnte, während sie schliefen, stundenlang dasitzen und aus dem Fenster sehen, nicht mehr auf die Zweige der Birken und Kiefern, nicht mehr auf das letzte fallende Laub, nein, ich schaute nur, hielt mir die verbundenen Rippen, die mir noch weh taten, doch ich empfand keinen Schmerz, allenfalls einen wärmenden Schmerz, der einer Genugtuung gleichkam. Irgendwie war mir mein Unfall zupaß gekommen, irgendwie hatten mich meine gebrochenen Rippen zu der Erkenntnis gebracht, daß ich im Grunde nichts auf Lesungen verloren, daß ich nichts in Kneipen zu suchen hatte, daß keiner auf mich wartete. Was hatte ich überhaupt auf der Welt verloren, wo ich an die siebzig war? Dieser Unfall hatte eine Last von mir genommen, mein Körper war davon immer noch mit Narben und blauen Flecken übersät, und obendrein, ja eigentlich erst jetzt taten mir die Hände und Füße und das Genick und das Rückgrat davon weh, daß wir uns in dem glücklichen Escort überschlagen hatten und wie Weidenflöten geklopft worden waren ... Und diese Schmerzeleien, mit denen ich mich von meinen Sünden befreite, waren für mich so wertvoll wie eine Tilgung aus dem Strafregister. Dieser Unfall stellte für mich etwas ähnliches wie die Schocks dar, die man Verrückten und Kranken in der Psychiatrie versetzt, vielleicht werde ich aufhören zu schreiben, vielleicht löscht mir dieser Unfall mein Feuer, vielleicht ist etwas mit mir vorgegangen, das mich der psychiatrischen Heilanstalt entrückt hat, alles, was in mir geschrien hatte, war jetzt verstummt, der ganze Katzenkram, der mir Herz und Hirn belastete, war ausgelüftet, und ich saß daheim am Fenster wie ein entlassener Sträfling und war zu nichts anderem fähig, als ins Herz der Stille und der Ruhe zu starren. Und nun ging ich durch den knirschenden, vereisten Schnee am zugefrorenen Fluß entlang, der Wind raschelte im hellen Röhricht, die norwegischen Finken ließen mich bis an die gefrorenen Distelsträucher herankommen und spannten dann die roten Girlanden ihrer ziegelfarbenen Kehlchen bis zur nächsten Distel weiter, jenseits des zugefrorenen Flusses ragte der schwarze Wald auf, und ich wanderte in meinen Stiefeln und weißen Socken durch die Landschaft, die mir seit meinem sechsten Lebensjahr lieb ist, durch eine fade und deshalb wunderschöne Landschaft, eine Ebene, in der man gehen und nichts mehr um sich herum zu sehen braucht, dafür aber mit sich selber reden kann oder die Seele mit dem Geist und mit den Elementen sprechen läßt. Als ich sechs war und durch die Elblandschaft hinter der Brauerei zur Komárenský-Insel ging, da wolltc ich immer wissen, was noch hinter der Komárenský-Insel war, was es hinter Písty gab und in Písty oder hinter dem Horizont, hinter Kostomlátky. So hatte es mich schon damals und auch zwanzig Jahre später noch gelockt, zu gehen, nur zu gehen, immer dem nach, was hinter dem Horizont war. Bis ich hinkam, bis ich mit dem Fahrrad nach Hamburg fuhr. Heute aber reizen mich die Horizonte nicht mehr, ich bin dort glücklich, wo ich bin, ich bin glücklich, daß ich überhaupt bin, daß ich mich ein Stückchen weiterschleppe und dabei von diesem und jenem träumen kann, an dieses und jenes denken, ja, ich kann mir sogar schon den Luxus erlauben, an nichts und deshalb an alles zu denken. So schreite ich durch die unergründliche, glitzernde Dämmerung, der Schnee knackt unter meinen Stiefeln, der tiefe gefrorene Schnee, mir ist, als zertrete ich die Fenster eines Treibhauses, eigentlich ist mir erst nach diesem Unfall klargeworden, daß ich bis zu dem Augenblick, da ich mit neunzig Stundenkilometern gegen den Lieferwagen geprallt war, daß ich bis zu diesem Augenblick nicht geglaubt, sondern angenommen hatte, daß die anderen, daß die Menschen alle weit klüger waren als ich, weit moralischer als ich, weit schöner als ich, weit ... daß alles an den Menschen vollkommener war als an mir, daß alle ein Perlchen am Seelengrunde hatten, während ich seit Kindesbeinen ein Schuldgefühl besaß, ja, seit Kindesbeinen hatte ich ein Schuldgefühl, sogar in meiner Kindheit war das so, ich guckte die Leute an, ein paar fremde Opas, die Fahrrad fuhren, und als ich sie anblickte, stiegen sie vom Rad und verpaßten mir eine mächtige Ohrfeige, dann spuckten sie aus, saßen mit ungeheurer Genugtuung wieder auf und fuhren weiter, während ich mir die Backe hielt und nach Hause oder in die Schule ging und mich schämte, etwas verbrochen zu haben, das so schrecklich war, daß die fremden Männer mir das Verbrechen von meinem frechen Gesicht abgelesen und mich eigenhändig bestraft hatten, vielleicht kriegte ich die Ohrfeigen, um mich zu besinnen, solange noch Zeit war, vielleicht hatte ich die Ohrfeigen à conto meiner Katzen und Katzenkinder gekriegt. Wahrscheinlich bin ich deshalb als Knabe und später als junger Mann immerzu weggelaufen, ausgerissen, habe ich deshalb immerfort den Horizont erreichen wollen, um mich dahinter zu verstecken, obwohl ich immer nur feststellte, daß sich auf der Grenzscheide ein neuer Horizont auftat und daß ich wieder zu einer Horizontlinie rennen und fliehen mußte, die unablässig vor mir zurückwich, ohne Unterlaß, bis sich der ganze Horizont heute, hier, da ich an dem zugefrorenen Fluß entlanggehe, auf allen Seiten umstülpt und seine Linien durch mich hindurchschickt, einen Schnittpunkt bilden läßt, der mich nicht berührt, sondern wie ein Bumerang in meine Hand und zu meinen Füßen zurückkehrt. Der Schnee knirscht unter meinen Stiefeln, unter meinen Gummiabsätzen, die im zerstampften Schnee hinter mir, wenn ich mich umdrehe, die Abdrücke eines großen Akazienblattes hinterlassen. Erneut wende ich mich um und sehe die Abdrücke, die ich in der durchbrochenen Schneekruste hinterlasse, als sei ich in eine Torte mit Zukkerguß getreten ... Als man mich aus dem Nymburker Krankenhaus entlassen hatte, nach einer Woche, war ich sofort in das Wirtshaus Zum Tiger gegangen, denn mein Vorbild war Niki Lauda, der fünf Wochen später, nachdem er beinahe mitsamt seinem Rennauto verbrannt war, schon wieder in seinem Formel-Eins-Wagen saß, als sei nichts geschehen. Und im Tiger traf ich Ondříček, Herrn Formans Kameramann, ich erinnerte ihn unter großem Gelächter daran, wie es ihm, Herrn Ondříček, vor fünfzehn Jahren ergangen war, als er den Geburtstag seines Sohnes feierte und mit einem Kumpel an eine Mauer raste und sich lebensgefährlich verletzte, als er sich aber wieder aufrappelte und sich das Gesicht zusammennähen ließ ... Und Herr Ondříček hatte mir die Nähte im Gesicht gezeigt und unter großem Gelächter hinzugefügt: Wissen Sie, daß man mir noch letzte Woche über der Augenbraue ein Glassplitterchen aus der Haut rausgenommen hat? So ging ich nun am zugefrorenen Fluß entlang und ließ den Blick über den Fluß schweifen, über dem noch das Rot des Sonnenuntergangs lag, und wollte meinen Augen nicht trauen. Ich guckte einmal, ich guckte zweimal, und tatsächlich, da, ein paar Meter neben dem zerknickten Schilf saß ein lebender Schwan. Ich erschrak, denn wenn der Wind in der Nacht erneut von Norden kam und die Temperatur, dem Himmel nach zu schließen, auf fünfzehn bis zwanzig Grad unter Null sank, fürchtete ich, der Schwan könne anfrieren. Ich stieg bis zum Schilf hinunter und sah mir den schönen Vogel an, ja, es war ein Schwan, er hatte einen schönen Hals, doch seine Augen sprühten vor Zorn, weil ich gekommen war, weil ich ihn anschaute, ich sah, wie der Schnee über den gefrorenen Fluß stiemte, er hatte die Farbe gemahlenen Zimts, und der lockere Schnee drängte sich um den Schwan wie kleine Wellen und Wasserschaum und Treibeis um fahrende Schiffe. Und was ich befürchtet hatte, war eingetreten, der Schwan war bereits festgefroren, der Schwan drei Meter vom Ufer, der Schwan fast in Reichweite. Und weil ich Angst hatte, das Eis könne unter mir einbrechen, legte ich mich ganz langsam mit meinen gebrochenen Rippen hin, wie ich es beim Militär gelernt hatte, die Ellbogen angezogen, so lag ich bäuchlings auf der gefrorenen Decke des Flusses, der zimtene Schnee trieb mir in die Augen, ich arbeitete mich auf den Ellbogen weiter vor und streckte die Hand nach dem Schwan aus. Der beugte den Nacken, seine Augen waren noch feindseliger, dann hackte er mir kräftig auf die Hand und zischte mich an, doch ich packte ihn, obwohl mir das Blut über den Handrücken lief, riß ihn mit beiden Händen an den Flügeln hoch, doch der Schwan war schon festgefroren, wieder hackte er mir in die Hand, und das war wie ein Beilhieb. Ich wußte, wenn ich so nahe an den Schwan herankäme, daß ich mich über ihn beugen könnte, dann stieße er mir den Schnabel wie ein schweres Messer zwischen die Augen, dann bräche er sich lieber die Beine, die im Eis eingefroren waren, ja, lieber bräche er sie sich ab ... Außerdem befand sich dicht neben dem Schwan die Flußströmung, ein Loch in der Eisfläche, nicht größer als ein Kahn, als ein Fensterchen ... und darin gurgelte das schwarze Wasser des Flusses, kräuselten sich die Wellen, und das machte mir Angst. Angst machte mir aber vor allem die Kraft der Schwanenflügel, denn ich hatte einmal einen Schwan mit beiden Händen um den Leib gefaßt und dabei von seinen Schwingen einen solchen Hieb gegen den Kopf bekommen, daß ich ohnmächtig geworden war ... Also rutschte ich auf meinen gebrochenen Rippen zum Ufer zurück, meine Hand blutete, voll Bewunderung blickte ich auf den Schwan, dachte erfreut, vielleicht wird es Tauwetter geben, vielleicht wird die Sonne so sehr scheinen, daß der Schnee und das Eis unter dem Schwan wegschmelzen, dann käme ich bestimmt her, um nachzusehen, doch dann wäre der Schwan schon weg. Als ich ans Ufer krabbelte, sah ich auf der Böschung, wie vom Himmel gefallen, einen Ast liegen, ich hob ihn auf und ging ans Ufer zurück, zu dem zerknickten Schilf, und bemühte mich, den Schwan zu befreien, doch erst der Ast machte mir deutlich, was mir passiert wäre: Mit kräftigen Schnabelhieben zerhackte der Schwan die Rinde, die nach allen Seiten flog, zischend zerspellte er den Ast und riß ihn mir mit einer kraftvollen Bewegung seines Halses aus der Hand und schleuderte ihn beiseite, obwohl er selber immer noch fest angefroren war, dann wandte er seine zornfunkelnden Augen von mir ab und plusterte sein Gefieder, bewegte den Stietz, glättete sich mit dem Schnabel und zupfte sich zurecht, ich ging fort und drehte mich immer wieder um, fasziniert von seiner Erscheinung, und er ordnete im matten Widerschein des Abendhimmels sein Gefieder und strich es sich mit Hals und Köpfchen und Schnabel fest an den Leib, der Schnabel war jetzt sein Kamm, obwohl er eben noch eher einer Gartenschere geglichen hatte. So ging ich zurück und trat in die Fußstapfen, die ich mit meinen Stiefeln gemacht hatte, als ich zu diesem Schwan gegangen war, der sich weigerte, von mir unterstützt, von mir befreit, von mir nach Hause getragen und dort gefüttert zu werden, bis das Frühjahr käme oder bis er mich von selbst verließe oder auf- und davonflöge. Und während ich heimging, während meine gebrochenen Rippen wieder zu schmerzen anfingen, als hätte ich sie mir erneut gebrochen, da begann es mir zu dämmern, da begann gegen meinen Willen in mir wieder der Gedanke zu bohren, daß die Geschichte mit dem Schwan nicht von ungefähr kam, daß meine ermordeten Katzen die ganze Sache eingefädelt hatten, daß es mein Schicksal war, das den Schwan dort hingesetzt und veranlaßt hatte, sich nicht von mir retten zu lassen, etwas, das von außen auf den Menschen zukommt, das Bestandteil, Fragment einer Botschaft von anderswo ist. Und nachdem ich es fertiggebracht habe, ein paar Katzen totzuschlagen, die voll Leidenschaft nur den einen Wunsch gehegt hatten, mit mir auf der Welt zu sein, ist es genau dieser Schwan, dem ich helfen wollte, zu leben und auf der Welt zu sein, genau dieser Schwan opfert sich, er wird lieber sterben, wird sterben nur, um mir eins zu beweisen, nicht etwa, daß das Gegenteil von allem die Wahrheit ist, sondern umgekehrt: daß das Gegenteil von allem nicht die Wahrheit ist und daß wiederum ich so schuldig bin, wie ich es mit meinem ganzen Leben war, selbst wenn ich nicht gewußt hatte, warum und weswegen. Ich taumelte nach Hause, im Wald war es schon so dunkel, daß ich mich nur nach der Schneise zwischen den Baumkronen über dem Weg richtete ... Und daheim hockte ich wieder wie ein nasser Sack auf dem Stuhl, die drei Kater bemühten sich, mich aufzuheitern, sie neckten sich, benahmen sich, als sei ihre meschugge Stunde gekommen, sie schlugen Purzelbäume, stemmten sich einer wie der andere gegen meine Schultern und blickten mir in die Augen, doch ich verging vor Gewissensbissen, weil ich den Schwan nicht gegen seinen Willen befreit hatte, einfach so, um ein reines Gewissen zu haben. Ich schluckte Schlaftabletten, wachte aber alle halbe Stunde auf, blickte auf die Uhr und konnte es nicht erwarten, bis der Tag graute, um mich mit einer kleinen Leiter wieder auf den Weg zu machen, wie man Kinder rettet, die im Teich eingebrochen sind, wollte ich die Leiter auslegen und darüber zu meinem

Schwan gelangen, aus dem Schuppen hatte ich mir Lederhandschuhe geholt, damit er mir nicht die Hand zerbiß ... Dabei dachte ich an den Abend, als ich mit Herrn Ondříček, Herrn Formans Kameramann, zusammengesessen hatte, der mit dem Auto gegen eine Hauswand gerast war, nachdem er den Geburtstag seines Söhnchens gefeiert hatte, und plötzlich kam mir die Frau in den Sinn, die sich zu uns gesetzt hatte, damals, am siebten Tag nach meinem Unfall, es regnete, sie trug einen Mantel aus Kunstleder und ein ebensolches Hütchen und hatte zwei weiße Krücken, sie war geschminkt, ihr Regenschirm tropfte, und dann trank sie mit uns Bier um Bier, sie kannte alle Mannschaften von Sparta und Slávia in den letzten fünfzig Jahren auswendig und sagte unversehens, nur zu mir, wobei sie ihre lackierten Nägel auf meinen Ärmel legte: Jetzt sag' ich Ihnen was, Sie können es aufschreiben und sich sofort einen Vorschuß im Schriftstellerverlag abholen ... Ich war schon als Dreijährige ein Sparta-Fan, Papa, mein Papa nahm mich immer mit, und jetzt stellen Sie sich vor, ich war siebzehn, wir hatten das Protektorat, das Land war okkupiert, das wissen Sie selber, und ich ging zu meiner Loge, die Papa und ich zusammen hatten, und als ich in die Loge kam, das Spiel war ausverkauft, ich wartete nur auf Papa, da kam ein Angestellter und sagte, Fräulein, einen Moment ... und in die Loge trat der König der Komiker persönlich, Vlasta Burian, der König der Komiker, und er sagte zu mir, ich hätte in dieser Loge leider nichts mehr zu suchen, denn mein Papa, wie er in den Nachrichten gelesen habe, wäre leider hingerichtet worden, weil er das Attentat auf den Reichsprotektor Herrn Heydrich gebilligt habe, deshalb könne er mir nur ein Billett für einen Stehplatz geben, und wenn ich dabliebe, hätte das unübersehbare Folgen für den ganzen Club, denn wer den Tod des Herrn Protektors gutgeheißen habe und deswegen hingerichtet worden sei, der habe sich vom Volke abgesetzt ... Und ich bin aufgestanden und hab' geweint, und als ich mich zum Ausgang durchdrängte, kam mir der Vojta Bradáč entgegen und der Tonda und der Ludvík, der jüngste Bradáč, und sie breiteten die Arme aus und umarmten mich, weil sie mich gern hatten, und warum heulst du? Da hab ich's ihnen erzählt, und Vojta und Tonda schrien los, wenn du nicht in einer Loge sitzt, dann spielen wir auch nicht ... Hör zu, Ludvík, du erledigst das, du bringst sie in die Slávia-Loge ... Und so haben sie mich mitgenommen, und ich hab' nicht auf das Fußballspiel geguckt, ich hab' auf die Erde geguckt, auf die Kippen und Streichhölzer und Bierbecher und hab' geweint ... Darüber schreiben Sie, und wenn Sie das in der Redaktion des Schriftstellerverlags erzählen, können Sie sich gleich den Vorschuß abholen, weil auch Sie unser König der Komiker sind, sagte sie und trank ihr zehntes Bier, und ich trank mehr Bier als sonst ... Immer wieder erzählte ich mir diese Geschichte neu, die Kater schliefen schon, und ich ging hinaus, nahm mir noch im Dunkeln das Leiterchen, hübsch wie ein Schornsteinfeger, meine Rippen schmerzten nicht, sie hatten keine Zeit zu schmerzen, vielleicht schmerzten sie doch, auch die Prellungen schmerzten, ich aber spürte nichts, denn mich trieb die Schuld, das Gefühl, wieder einmal nicht getan zu haben, was ich hätte tun sollen, und so machte ich mich auf den Weg und betete, mein Schwan möge noch am Leben sein, wenigstens eine Stunde, nachdem ich ihn gerettet habe, er möge leben ... Und so trat ich wieder in die Fußstapfen und ging zu dem Schwan zurück, mir war zumute, als holte ich mir den Vorschuß für die Erzählung ab, die mir die Frau im Tiger geschenkt hatte, ich fiel hin, stürzte mehrmals samt meiner Leiter, und ich, der König der Komiker, ein Schriftsteller, dem die Leute oft närrische und ordinäre Geschichten erzählen und dann unter großem Gelächter hinzufügen, wenn Sie denen sagen, wie wir die Treppe vollgeschissen haben, wie dann ein Fräulein in die elektrische Schreibmaschine gekotzt hat, ja, wenn Sie das im Verlag erzählen, dann kriegen Sie gleich einen Vorschuß ... und ich, der König der Komiker, stand am Ufer, über Nacht hatte es gefrorenen Schnee gestiemt, ich stand in meinen Fußstapfen, die leicht verweht waren, im Osten dämmerte es, und das Land, folgte man der Richtung des Stroms, war in chlorgrünes Licht und in ein Arpeggio in Rosa getaucht, und als ich zu der Stelle hinsah, an der sich gestern abend der Schwan befunden hatte, da schien mir, als sei er nicht mehr da, ich begann zu lachen, hob den Kopf und trompetete zum frostigen Himmel hinauf mein Glück, daß dieser schöne Vogel, der in England allein der Königin gehörte, weshalb jeder, der ihm etwas antut, von der Königin selbst verklagt wird, daß dieser Vogel sich gerettet und das furchtbare Schuldgefühl von mir genommen habe ... doch als die Sonne dann über dem zugefrorenen Fluß höherstieg, sah ich dort, drei Meter vom Ufer entfernt, ein zartes Häufchen Schnee, und als ich genauer hinblickte, erkannte ich unter dem Schnee meinen Schwan, der, noch ehe ihm das Herz gefror, seinen Hals harmonisch zu krümmen und den Schnabel unter den Flügel zu stecken vermocht hatte. Unter dem angewehten Schnee begraben, lag er wie eine wunderschöne Statue da, und mir erstarrte das Herz bei diesem Anblick, sein Hals und sein unter dem gebauschten Flügel verborgener Schnabel bildeten einen Bogen, eine mystische Union, wie menschliche Finger sich zum Gebet verschränken, so hatte sich der ganze Schwan zum Kreis geschlossen, wie die ewige Wiederkehr des Gleichen, der Schwan, der sich gestern geweigert hatte, von mir gerettet, aus dem Eis befreit zu werden, an dem er mit seinem Gefieder angewachsen und festgefroren war ... Ich legte das Leiterchen aufs Eis, bis dicht vor den Vogel, als sei die Leiter nach Maß angefertigt, und schob mich so, ganz langsam, im Liegen, zu dem

Schwan hin. Und wie ich es in meiner Prager Wohnung mache, bevor ich gehe, wo ich dreimal überprüfe, ob ich den Gasheizer abgestellt habe, dreimal, ob das Licht im Bad und in der Toilette aus ist, dreimal, ob ich abgeschlossen habe, um noch einmal zurückzugehen und alles ein viertesmal zu kontrollieren ... obwohl ich also sah, daß da vor mir nichts anderes liegen konnte als mein Schwan, scharrte ich dennoch mit fliegender Hand den Schnee weg, ich sah seine geplusterten Flügel, scharrte aber weiter, und ja, das war sein Hals ... und als ich mich wie ein Faultier zurückgehangelt hatte, ohne nach meinem Unfall auch nur den geringsten Schmerz zu spüren, allein das Herz tat mir weh, da hangelte ich mich vom Ufer wieder zu dem Schwan hin und versuchte ihn noch einmal und noch einmal beharrlich freizuscharren, den schneeverwehten Prinzen, der sich vielleicht eigens für mich präsentierte, für meine Augen, bis ich in den dunklen Morgen hinausschrie, von der bitteren Erkenntnis beseelt, daß ich mir als König der tschechischen Komiker für diese Geschichte einen Vorschuß abholen könne, doch nicht mehr im Schriftstellerverlag, sondern gleich in der Zentrale des Todes, in der Hölle, wo ich in meinen eigenen Gewissensbissen und im Gefühl der Schuld und Schande zu schmoren habe, das mich bis in alle Ewigkeit heimsuchen wird ... bis tief ins Herz der unabsehbaren Folgen ...

Inwieweit ist authentisch, was Sie schreiben?

Ich schreibe stets über Bemerkenswertes, das mir widerfahren ist, über Beneidenswertes, das andere erlebt haben. Das heißt, authentisch ist immer der Punkt des Ablegens vom Ufer, am Anfang steht immer ein Ereignis, ein Erlebnis. Aber das Spielerische im Menschen zwingt mich, mit einer gewissen Imagination die Folge der Ereignisse anders darzustellen, der Authentizität die Hefepilze der präzisierenden Phantasie zuzusetzen, wie Most sich in Wein verwandelt, wie Stammwürze in Bier. Diese fast chemische Reaktion nenne ich Bafeln. Erst das Bafeln bringt den Text zum Schäumen, erst diese gewisse Intuition setzt ein Gespräch in Gang, das zwischen Wirklichkeit und Unwirklichkeit schwingt, zwischen Bewußtsein und Nichtbewußtsein, zwischen Kunst und Nichtkunst, zwischen Streben und Nichtstreben. Im Sport heißt die Authentizität der Regeln: Game, das schöpferisch Spielerische: Play. Das Überschreiten der Grenzen wird jedoch immer bestraft, und so schafft dieses gewisse Unerreichbare auch im Text den melancholischen Reiz der verbotenen Frucht, dieses Unerreichbare, das aber zu Variationen und Varianten auf ein gegebenes Thema verlockt. Nun ja! Im menschlichen Leben und im Leben der Völker gibt es gewisse Realitäten, in denen die Phantasie mit der Wirklichkeit verschmolzen, das Spielerische in das Wesentliche eingeflossen, das Unglaubliche wahr geworden ist. Das sind die Mythen, die kein Schriftsteller erschaffen hat, sondern die Menschheit als ganzes. Das ist der Höhepunkt des Schreibens, der im Nichtschreiben beruht. So wurden die Himmel geschaffen, die dem menschlichen Leben den Weg erhellen oder verdunkeln. Aus dieser Sicht ist das, was ich schreibe, Unterhaltungsliteratur, die nicht nur von der Authentizität ausgeht, sondern mit der Authentizität auch endet ... Und was sich dazwischen authentisch bewegt, ist ständiger Aufschub. So sehr ich mich auch anstrenge – ich gehe authentisch drum herum, kann aber nie ins Innere hinein. Die Mitte ist für mich unerreichbar. Meine einzige Authentizität ist: die immerwährende Unzufriedenheit mit allem, was ich geschrieben habe, was ich schreibe. Das muß wohl so sein ...

Sie haben nie Science-fiction geschrieben, versuchen Sie aber dennoch sich vorzustellen, wie die Welt nach dem Jahre 2000 aussehen könnte.

Die meisten Menschen schreckt diese Vorstellung. Sollte es aber nach diesem Jahr noch Menschen auf der Welt geben, so wie es immer war, dann wird selbst das alltäglichste Leben Science-fiction sein. Nach dem Jahre 2000 werden sich tappende Kinder auch weiterhin der Tyrannei der Kunst unterwerfen, das Gehen zu erlernen, auch nach dem Jahre 2000 werden die Abc-Schützen, wie heute, Angst vor der Schule wie vor der elterlichen oder außerschulischen Erziehung haben, auch nach dem Jahre 2000 wird ebenso wie heute, wie von jeher, die Schülerin erschüttert feststellen, daß sie zum Fräulein geworden ist, daß ein Fräulein später zur Frau und die Frau zur Mutter wird ... Die Grenzsituationen des Menschen und die Traumata der Liebe werden auch nach dem Jahre 2000 nicht anders sein, desgleichen das menschliche Glück. Was bleibt also von der Science-fiction? Mag man auch mit dem Reisebüro zum Mond fliegen, für mich bedeutet Science-fiction immer nur eins: die Verquickung der vier Jahreszeiten mit dem menschlichen Leben zu begreifen, zu verstehen, daß Flut und Ebbe des Meeres nichts anderes sind als der Zustrom der Kinder auf der ganzen Welt und der Abgang der alten Menschen, als die am Heiligabend verteilten und später in den Container geworfenen Geschenke, als die Verliebtheit und die Trennung wegen unüberwindlicher Abneigung und als das Schicksal des Planeten überhaupt, auf dem wir leben, das aus der Flut der Nebel und der Ebbe des Verbrennens besteht ... Das alles ist für mich Science-fiction, die auf der Welt seit jener Zeit besteht, da der erste Mensch sein erstes Staunen und Begreifen festhielt, und so werden, wie ich glaube, auch die Menschen nach dem Jahre 2000 solche Fragen und solche Antworten kennen, möge die Welt auch nichts als eine gigantische, schwebende Großstadt sein, möge sie sich auch von pikanten Meeresalgen ernähren. Es ist mir unangenehm, derartige Fragen gestellt zu bekommen, denn ich bin ein Anhänger der Gegenwart, auch wenn sie mir ständig entrinnt, ich fürchte die Vergangenheit, die mich entsetzt, und weil mir meine Zukunft schon lange bekannt ist und ich gern auf den Friedhof gehe, um sie zu kontrollieren, warum soll ich da für eine Vision der Welt nach dem Jahre 2000 geradestehen?

Was macht Ihnen beim Schreiben die meiste Arbeit?

Einen Grund zum Schreiben zu finden. Den Mut zu finden, nach Schlegel und Zapfhahn zu greifen und das Fäßchen anzustechen. Eins mit Wein, eins mit Bier? Und wenn mit Bier, mit zehn- oder zwölfgradigem? Und überhaupt, wird das Faß nicht halbleer sein, nur bis zur Hälfte gefüllt? Und wird der Trank nicht abgestanden, schal, krank sein? Werden die Freunde mich loben, wenn ich sie einlade zu kosten, was ich selbst gezogen oder was ich aus fremden Kellern geholt habe? Wenn ich schreibe, besteht die größte Arbeit für mich darin, das Maß der Verantwortlichkeit vor den Lesern zu finden, nachdem ich dieses Maß zuvor an mir selbst ausprobiert habe. Damit meine Leser bei den ersten Zeilen erkennen, daß der Trank aus meinem Keller kommt, daß er die erfrischende Dreistigkeit meines Milieus hat, daß ich noch nicht trübe geworden bin, daß ich sie nicht betrogen habe, daß sie ihr Geld und ihre Zeit nicht vertan haben. Was mir bei meiner Schreiberei die meiste Arbeit macht: Mit bereits vorbedachten Schnitten und dann mit der Schere am fertigen Text trachte ich, die Zeilen zu verkürzen, um das Donnern beim Zusammenprall der gegensätzlichen Bilder zu verstärken ... Aber das alles ist noch Spaß, eine einzige Schinderei ist für mich dann die regelrechte Sklavenarbeit an den Texten, wenn diese ins reine zu schreiben sind. Deshalb glaube ich, der echte Schriftsteller beginnt erst bei dieser Abschreiberei und Verknüpferei der Texteinschübe. Genau deshalb ist Tolstoi für mich ein Genie, der »Krieg und Frieden« insgesamt siebenmal, im Stehen, umschrieb und dabei noch, seinen Tagebüchern zufolge, Zeit hatte, es mit seiner Gräfin auf dem Teppich im Kämmerlein zu treiben. Hut ab, Tolstoi ist ein wahrer Schriftsteller und obendrein das Gewissen nicht nur eines Volkes, sondern der ganzen Welt! Das ist es, was mich beim Schreiben in Anspruch nimmt und mir am meisten Arbeit macht: nicht an Tolstoi zu denken, nicht an »Krieg und Frieden«, nicht an den Teppich im Kämmerlein ...

Lächeln Sie manchmal über Dinge, die Sie sich aufschreiben?

Worüber ich lächle, ist etwas, worüber ich im nachhinein erschrecke: Ob ich mit meinem Text den künftigen Leser erreicht, ihn aufgewühlt, ihn in die aufgestellten Fallen der trügerischen Zeilen gelockt habe? Ich lächle aber nur so lange, bis ich zu ahnen beginne, daß die Leser weiter sind als ich, dank ihrer Informiertheit, daß sie von mir etwas erwarten, das über ihrem Bewußtsein und Wissen liegt. Kurz, daß ich sie überrasche. Mein Lächeln heißt also, daß mir das Lachen vergeht. Doch es ist ein wissendes Lächeln, wenn ich meine schadenfrohen Leser sehe, die lächelnd meine Texte lesen, weil es nun endlich mit mir bergab geht, weil ich ein Gefangener meiner Stereotypen bin, weil ich mich bereits wiederhole, weil ich anfange, sie nicht mehr zu überraschen, weil ich also ein Langweiler bin. Kurz, weil es aus ist mit meiner Schreiberei, weil ich lächerlich bin ... Lese ich diese Zeilen, dann vergeht mir das Lachen, aber Hand aufs Herz, den Verstand zusammengerafft: Flut und Ebbe ... Ja! Und schon lächle ich wieder über das, was ich mir da aufgeschrieben habe.

Was macht Ihnen Freude?

Ich betrachte spielende Kinder und sehe klar vor mir, was sie wohl sein werden, wenn sie erwachsen sind, ich betrachte hockende Greise und sehe genau, welche Rolle sie in der Gesellschaft gespielt haben, als sie jung waren. Ich sitze stundenlang an einem kleinen Waldbach und weiß, wie die Birken und Erlen im Herbst und im Winter aussehen werden, ich spaziere durch ein Winterwäldchen und weiß genau, wie die Birken und Erlen im Frühling und Sommer aussehen werden. Ich sehe sämtliche Phasen der Blüte und des Samenkorns bis hin zur Frucht und umgekehrt, ich sehe den Apfel in meinen Fingern und verfolge alle seine Phasen bis zu der Knospe am Apfelzweig zurück. Ich sehe unablässig rotierende, reich verzierte Rundscheiben, die einander ausweichen, sich überholen oder hintereinander zurückbleiben, wie Welle um Welle aber ihren Wendepunkt am Meeresufer erreichen und dann mit der Ebbe wieder zurückweichen, auf daß dieses ganze Spiel seinen Sinn in der Flut erhält ... Ich liebe jede Art von Regen und Blätterfall und schräg treibende Schneeflocken, an einem blauen wolkenlosen Himmel sehe ich Gewitterwolken und Blitze, Freude machen mir die Kätzchen, in denen ich die künftigen Kater und Katzen erkenne. Ich liebe die alte Katze, die in mir den jungen Mann sieht, weil wir uns gern haben, und weil Hegel lehrt: Liebende haben keine Leiber, bin ich mit dem Tier identisch. Die größte Freude aber machen mir die Kellner, die mich, kaum daß sie meiner ansichtig werden, freundschaftlich messen und mir eine Maß Pilsner bringen und sie mir vor die Finger schurren.

Was macht Ihrer Frau Freude?

Es machte ihr Freude, nach Vorlagen Bilder aus bunten Fäden zu häkeln. Sehr erfreut war sie, als ich sie heiratete, denn sie wußte, daß ihr mit dieser Heirat sehr geholfen war. Immerhin hatte sie in ein schönes Haus in Libeň eingeheiratet, das zwar nur eine Stube hatte, in die kein Sonnenstrahl drang, wofür die Toilette auf dem Hof war. Die Hauptsache aber, ich hatte Arbeit, damals war ich Packer von Makulatur und Altpapier. Den Trauring mußte sie sich kaufen, dafür hatte ich wiederum monatlich mehr Ausgaben als Einkünfte, und so schwelgten wir in Glück und Seligkeit. Im Augenblick freut sich meine Frau, daß ich sie in Sokolníky zur Jazzgymnastik angemeldet habe. Um ihr eine Freude zu bereiten, wollte ich sie außerdem in der Kirche singen, sie einen Koch- und einen Englischkurs mitmachen lassen, doch sie will nicht soviel Freude auf einmal. Große Freude macht es ihr, mich anzuschauen und zu sehen, wie ich mir überlege, was ich wohl sagen soll, um abends wegzukönnen. Am meisten freut sie sich aber, wenn man mir im Lokal ein schales Bier bringt, ohne Schaum. Deshalb mögen wir uns wohl so sehr, und deshalb werden wir dieses Jahr unsere Silberhochzeit feiern ...

Liegt Ihnen eins Ihrer Bücher besonders am Herzen?

Das »Inserat eines Hauses, in dem ich nicht mehr wohnen mag«. Ich liebe es deshalb, weil es mir ebensoviel Angst macht wie die Bücher, die kurz vor dem Erscheinen sind. Da hört der Spaß auf, ich habe das unablässige Gefühl, nur beurlaubt vom Totengräber zu sein, also schreibe ich, liefere die Texte ab, dann die Korrektur, bin ich noch auf der Welt?, die zweite Korrektur, nanu, ich bin noch nicht gestorben? Und dann, gleich den Paukenschlägen der Schicksalssinfonie, das Vorausexemplar und hinterher, wovor ich am meisten Angst hatte und habe: Das Buch erscheint, bis zum letzten Augenblick habe ich mich darauf gefreut zu versagen und gratuliere mir irgendwie dazu, daß ich meine Verantwortung für die Käuferschlange vor dem Buchladen voll übernehme, meine Verantwortung für das, was ich geschrieben und womit ich irgendwen beleidigt habe. Die Bücher, die in diesem oder nächstem Jahr erscheinen werden, die mag ich am meisten, denn zuerst jagen sie mich in den Tod, und später, wenn sie erschienen sind, dann stehe ich wieder auf von den Toten und muß brav auslöffeln, was ich mir eingebrockt habe. Mit meinen Büchern verhält es sich so wie mit einer Geburt. Es heißt sogar, und ich neige zu dieser Ansicht, ein solches Buch, ausgetragen im Bauch der Druckerei, erwecke die größten Hoffnungen und Befürchtungen zugleich. Und bei der

Geburt ist es genauso. Sie ist ein Kreuzweg von Leben und Tod. Ein frisch geborenes Buch, und mag die Gebärende hinterher auch kaputt sein wie eine Ziege, die Zicklein geworfen hat, sie lächelt, wiegt als erste das Kindlein im Arm und reicht es dann an ihre Liebsten weiter. Auch ich lege jedes Buch meinen Freunden in den Arm, ohne Bettchen, ohne Windelband, nur so, damit sie es wiegen wie einen Weihnachtsstollen...

Warum betrachten Sie die Menschen, die Welt mit so freundlichen Augen?

Aus Feigheit. Wenn einer klüger ist als ich, dann frage ich ihn freundlich nach Dingen, die ich nicht weiß. Ist jemand stärker als ich, dann preise ich, um nicht eins auf die Nase zu kriegen, seine physische Tüchtigkeit und werde sein Freund. Und ist jemand schöner als ich, und das sind zum Glück nur wenig Leute in Mitteleuropa, dann erkläre ich, er sei zwar der hübscheste Mensch in der Republik, doch auf Platz zwei komme gleich ich. So haben mich die Menschen gern, und ich, der ich Mitleid mit ihnen habe, verwandle mich in sie und habe nichts dagegen, daß sie gern ich wären. Und dann! Ich höre den anderen so aufmerksam zu, daß ich mich, mag ich auch gegenteiliger Ansicht gewesen sein, mit jedem identifiziere, für den die eigene Meinung das A und O seines Daseins ist. Ja, ich bestärke ihn sogar noch in seiner Meinung, mag sie mir auch schaden. Ich bin nämlich so gut oder auch so schlecht gestellt, daß ich keiner Meinung mehr bedarf, um zu leben. Ich bin eine Art Voyeur, ich schaue nur und staune über das, was ich sehe. Lieber mache ich den anderen Mut zum Leben. Ich habe mich nämlich gleich zu Beginn meines Universitätsstudiums bei Herrn Fischer einschreiben lassen und keine seiner Vorlesungen über Arthur Schopenhauer ausgelassen. Ich lernte etwas, das irgendwie mit dem verquickt war, was ich bereits in den Genen hatte. Nicht zuviel zu verlangen, eher im Gegenteil. Dafür ausgiebig zu schauen, selbst mit geschlossenen Lidern introvertiert zu schauen, zu betrachten. Später verliebte ich mich in jemand, den ich bis heute liebe: Ladislav Klima ... Der Sieg besteht nur aus Schlägen, und alles ist nur Spiel ... Daher meine freundliche Weltsicht, wie mein Onkel Pepin gewinne ich immer, auch wenn ich verliere.

Haben Sie viel Schlimmes erlebt?

Aber ja, da sind meine Liebestraumen, meine Frakturen, meine Gallenoperationen, das hat noch etwas Positives, denn man weiß nie, was man sich einhandelt. Doch manchmal spüre ich, daß sich am Horizont meines Kopfes eine Wolke ballt, und in dem Maße, wie sie aufquillt, erscheinen auf einer Membran Bilder, und sogleich muß ich achtgeben, daß ich nicht sterbe, denn wie ich sehe, sind das meine

Schlachtkühe, meine zur Kaltaufzucht abgestellten Kälber, meine Schlachtschweine, alles, was sich in den Schlachthäusern tut, das bedroht mein Dasein ... Dieses Jahr stand ich in einem dörflichen Fleischerladen, bei uns draußen, der Fleischer bedeutete mir immer wieder, ich solle warten, ich solle warten, bis ich der letzte sei. Dann sagte er: Kommen Sie mit. Sie sind doch Schriftsteller? Und ich sagte ja. Mit einer Kinnbewegung. Auf dem Arbeitstisch, wo die vom Schlachthof angelieferten Stücke zerteilt wurden, lagen drei Schweineschultern, der Fleischer wies darauf und sagte: Was stellen die im Schlachthof bloß mit den Schweinen an? Er gab mir seine Brille, und ich sah, daß die drei Schultergelenke zertrümmert waren, mit kräftigen Hieben zerschmettert: riesige Blutergüsse im Fleisch, Knochensplitter ... Eine Schande ist das! rief der Fleischer. Eine Schande für die ganze Welt! Sie sind Schriftsteller, Sie müssen das sehen, wissen! Damit warf er eine aufgeschlagene, blutgetränkte Zeitung, ein Wochenblatt, auf den blutigen Tresen. Dann nahm er die Brille, setzte sie sich auf und las mir die eine und die andere Stelle vor: Unter viereinhalb Millionen Schlachtschweinen werden sechsundfünfzigtausend aus Angst noch in den Waggons vom Schlag getroffen, da, bitteschön, das Bild. Hier! Bei Öffnung eines Waggons mit Schlachtfohlen wurden zwei Fohlen erstickt aufgefunden. Ein anderer Waggon: Ein Pony, das nicht zur Schlachtbank wollte, ihm schnitt der Viehtreiber zunächst die Zunge heraus, und als sich das Pferd immer noch sträubte, schlachtete er es im Waggon. Hier das Bild. Ein anderer Transport ... nach dem Öffnen, zwei entwöhnte Kälber, Babys, erstickt. Hier ist ein Bild vom Schlachthof, wo man die Ferkel gleich aus dem Waggon in einen schrägen Stahltunnel treibt, durch den die Ferkel in den Keller fallen, wo sie im Schock, mit kaputten Füßen, getötet werden. Ich weiß, wozu Schweine imstande sind! Da, sehen Sie! Er streckte den Arm aus und zeigte auf eine vernarbte Wunde am Daumenballen. Das hier, das überdauert alles! Und bei uns? In Kladno gibt es noch keine Schlachtlinie, wo die Kühe zuerst in Gruppen zu sechst mit Strom betäubt werden. Also werden sie geschlagen. Ein Kamerad hat mir erzählt, als er die sechzehnte Kuh schlug, da ist die erste, die er betäubt hat, wieder aufgestanden, weil der Mann, der sie schlachten sollte, einen Moment weg war, um Kaffee zu trinken. Eine Schande so was! Jetzt, wo ich älter werde, macht mir das furchtbar zu schaffen. Sie aber sind doch Schriftsteller, Sie müssen einen Magen für alles haben ... Und während er den Laden hinter mir abschloß, rief er mir durch die Glastür nach: Freuen Sie sich, daß ich Ihnen das gezeigt habe?, und sagte: Vielleicht fällt Ihnen jetzt das Schreiben leichter ... So redete er, doch draußen war es schon kühl, die gläserne Wand beschlug, so daß ich nur seine sprechenden Lippen sah ... Und Sie fragen mich, Fräulein, ob ich viel schlimme Dinge erlebt habe ...

Diese anklagenden Fleischerlippen, diese murmelnden Lippen hinter der beschlagenen Glastür!

Haben Sie manchmal schlechte Laune?

Hätte ich sie nicht, ich müßte sie mir schaffen. Denn das Schönste am Menschen ist die schlechte Laune, ein Mensch, der nicht mehr weiterkann, wenn er staatsfeindliche Reden gegen sich selbst führt, wenn sein Gehirn und Wille blockieren, wenn er kaputt ist und alle, dann sprudelt auf einmal, wenn er schon an Entleibung denkt, ein kleiner Springbrunnen, und ich betrachte dieses frische Bild wie ein neugeborenes Kind, und die Menschen ringsum spektakeln und reden, sie lamentieren über mich, und ich spüre, daß ich gerettet bin, denn hätte ich nicht so eine elende Laune, dann wäre ich enterbt, abgeschoben, ausgestrichen aus dieser ganzen Gemeinschaft von Menschen, die Dichter sind oder zum Teil von der schwachsinnigen Idee geplagt werden, Dichter zu sein. Wer oft schlechte Laune hat, ist von den Göttern auserkoren, ein Mensch wie er ist fähig, sich zu erneuern, sich zu verjüngen. Man nehme die Doktorbücher zur Hand, und man findet eine Bezeichnung für die Leute, die sich wie die Kinder zu freuen vermögen und zu lachen und im Handumdrehen schlechte Laune haben und eine finstere Miene aufsetzen können! Ein depressiver Irrer! Und ein Schriftsteller, falls er nicht Theater spielt, ist in der gleichen Situation wie ein Kind. Um klar zu werden, um wieder ein wenig denken zu können, muß ich zuvor sehr schlechte Laune haben.

Was tun Sie, wenn es mit dem Schreiben hapert?

Sie haben noch nie einen sorgloseren Menschen gesehen als mich. Wenn es mich nicht juckt, warum soll ich mich kratzen? Ich nutze die Gelegenheit sofort und streife durch die Stadt, mir ist zumute, als wäre meine Frau fern von mir auf Urlaub. Ich gehöre zur Schriftstellerkategorie Nummer eins im Nichtschreiben. Ich glaube sogar, das Schreiben ist ein Ersatz für das ordentliche Leben. Hätte ich die Wahl, ich würde ein Schlenderleben jedem Geschreibe vorziehen. Obendrein wäre ich ein geselliges Wesen! Sobald mich die Muse verläßt, bin ich unentwegt glücklich, den Tag drauf habe ich Katzenjammer, doch so ein Katzenjammer, das ist die Beichte schlechthin, das ist ein Hineinlauschen ins Innere, das sich regeneriert, ja, so ein Katzenjammer, das ist ein Gegenplan, kombiniert mit tiefgehender Selbstkritik. Das alles ist mir gegeben, wenn ich nicht schreibe. Als ich jünger war, da habe ich mir Kinder ausgeliehen und bin mit ihnen Kahn gefahren, habe Fische geangelt, und wenn der Abend kam und wir zusammen mit anderen an der Schwemme lagen und saßen, ging der Mond auf – was ist dagegen Literatur? Wenn es mit dem Schreiben hapert, reise ich auch gern, jede Landschaft bewundere ich, ich brauche nur nach Klánovice zu fahren, am Wasser entlangzuwandern ... Und beim Gehen bin ich immer hellwach, sind alle meine Sinne auf die Landschaft gerichtet. Wenn es mit dem Schreiben nicht so recht will, durchblättere ich die Straßen der Hauptstadt Prag und frage mich dabei, welche Flut zu welcher Zeit wohl in großen Wogen diese herrlichen Gebäude in die Stadt getragen hat, in Wogen aus Frankreich und Welschland, in Wogen aus Burgund und Deutschland, ich durchwandere die Stadt und überlege staunend, was für Wogen es wiederum waren, die alle diese Inhalte und Menschen fremder Stimmungen und Gesinnungen soweit fortgespült und fortgeschwemmt haben, daß die Ebbe nur deren schöne Schneckengehäuse zurückließ, daß nur wir hier geblieben sind, wir Tschechen, die wir uns mit fremden Federn schmücken, wann immer einer kommt. Eigentlich stelle ich jetzt fest, daß ich mich tatsächlich am wohlsten fühle, wenn es mit dem Schreiben hapert ...

Neigen Sie zu Mystik?

Spricht man in diesem Land von Mystik, von einem Mystiker, dann versteht man darunter religiöse Schwärmerei, etwas, das mit religiösem Wahn zu tun hat. Für mich ist Mystik ein sehr natürlicher Seelenzustand, sie ist mehr als Imagination, ist Intuition, die zwar nicht jeder besitzt, doch wer sie besitzt, der weiß, daß sie von außerhalb über ihn gekommen ist, wie ein Geschenk. Für mich beginnt die Mystik auf dem schmalen Brückensteg des Regenbogens, über den man zum anderen Ufer gelangt, in ein geliebtes Wesen eindringt, ins Herz einer abendlichen Landschaft. Mystik ist für mich eine höchst natürliche Methode, die man nicht lernen kann und dennoch nur von jemandem zu lernen vermag, der es versteht, die Klinken von Türen zu betätigen, die zu sämtlichen Dingen führen, der es versteht, auch in Stille und Demut, in einer Nullsituation ohne jedes Zwinkern zu schauen und den feinen, scheuen Quell wahrzunehmen, den dünnen Strahl, der verbindet. Mystik ist also eine natürliche Art der Erkenntnis, allerdings: Sie ist nicht jedem gegeben. Sie ist ein Trauma, das schon in der Wiege vorhanden ist, ja früher schon, in den Genen, was den Säugling in das triviale Geheimnis einweiht, daß man nicht etwa fliegen, sondern schlicht und einfach hören und alles Lebendige verstehen kann, denn der Tod, der alles erfaßt, dieser Tod sagt ihm nichts, und deshalb ist ein Mystiker ein Mensch, der den Wert des Todes aufgehoben hat, wogegen ein Held mit dem Tod erst sein Scheitern erfüllt, das sein Ruhm ist ... Haben Sie mich gefragt, Fräulein Kašperová, was ich am Meer gemacht habe? Praktisch nichts, ich habe mir meinen Liegestuhl nahe ans Ufer gerückt und fast den ganzen Tag lang ununterbrochen den Wellen gelauscht, die bei Flut anstiegen und bei Ebbe zurückwichen, ohne daß ich dabei dachte, sondern durch diesen Rhythmus hindurch habe ich vielmehr Geschichten des Lebens und des Todes gesehen und wieder von neuem die Geburt und die Auferstehung und die Verkalkung ... das alles aber in Ereignissen und Geschichten, so wie ich sie von Kindheit an gesehen und erlebt habe ... In diesem Moment am Meer und in meinen Erinnerungen an diese Meeresmomente von Flut und Ebbe habe ich gelächelt und lächle bis heute, staunend wie Jíra und ich auf Zypern, als wir den verträumten, lächelnden und mystischen Apollo-Figuren Auge in Auge gegenüber standen ...

(Im Original steht dieses Selbstinterview als »Prolog« am Beginn der Erzählung.)

Zu dieser Ausgabe

insel taschenbuch 2766: Der vorliegende Band ist textidentisch mit dem insel taschenbuch 2656: Bohumil Hrabal, Die Katze Autitschko. Aus dem Tschechischen von Karl-Heinz Jähn. Mit Illustrationen von Hans-Jörg Brehm. Insel Verlag Frankfurt am Main und Leipzig 2000. © Suhrkamp Verlag Frankfurt am Main 1992. Der Text folgt in unveränderter Form der 1992 in der Bibliothek Suhrkamp erschienenen Ausgabe. Originaltitel: *Autičko*. Die Erzählung wurde dem Buch *Život bez smokingu* entnommen. © Bohumil Hrabal, 1996.

Märchen und illustrierte Bücher im insel taschenbuch Eine Auswahl

Indianermärchen
it 764. 144 Seiten

Irische Elfenmärchen
it 988. 276 Seiten

Märchen der Romantik
Mit zeitgenössischen Illustrationen
2 Bände
it 285. 789 Seiten

Russische Märchen
Mit Illustrationen von Ivan Bilibin
it 1608. 126 Seiten

Die Erzählungen aus den Tausendundein Nächten
Mit farbigen Miniaturen in Schmuckkassette
12 Bände
it 224. 4924 Seiten

Erzählungen aus Tausendundein Tag
Vermehrt um andere morgenländische Geschichten
2 Bände
it 1001. 1505 Seiten

NF 22/1/4.00

Hans Christian Andersen

Märchen
Mit Illustrationen von Vilhelm Pedersen
und Lorenz Frølich
3 Bände
it 133. 1129 Seiten

Die Schneekönigin
Mit farbigen Illustrationen
von Birgit Ackermann
it 2578. 112 Seiten

Clemens Brentano
Rheinmärchen
Illustrationen Edward Steinle
it 804. 388 Seiten

Gottfried August Bürger
Münchhausen
Neu illustriert von Uta Bettzieche
it 2115. 200 Seiten

Lewis Caroll
Alices Abenteuer. Alice im Wunderland
Alice hinter den Spiegeln
Mit Illustrationen von John Tenniel
it 2161. 284 Seiten
Zwei Bände in Kassette

NF 22/2/4.00

Daniel Defoe
Robinson Crusoe
Mit Illustrationen von Ludwig Richter
it 41. 404 Seiten

Charles Dickens

David Copperfield
Mit Illustrationen von Phiz
it 468. 1245 Seiten

Eine Geschichte aus zwei Städten
Mit Illustrationen von Phiz
it 1033. 506 Seiten

Harte Zeiten
Mit Illustrationen von F. Walker
und Maurice Greiffenhagen
it 955. 434 Seiten

Nikolaus Nickleby
Mit Illustrationen von Phiz
it 1304. 1022 Seiten

Oliver Twist
Mit Illustrationen von George Cruikshank
it 242. 607 Seiten

Die Pickwickier
Mit Illustrationen von Robert Seymour,
Robert William Buss und Phiz
it 896. 1006 Seiten

NF 22/3/4.00

Weihnachtserzählungen
Mit Illustrationen von Leech,
Stanfiels, Stone u.a.
it 358. 504 Seiten

Almut Gernhardt/Robert Gernhardt

Ein gutes Schwein bleibt nicht allein
7 Geschichten von Robert Gernhardt
und 66 Bilder von Almut Gernhardt
it 2012. 72 Seiten

Was für ein Tag
Eine Geschichte von Robert Gernhardt
mit Bildern von Almut Gernhardt
it 544. 40 Seiten

Jacob Grimm/Wilhelm Grimm

Grimms Märchen und Sagen
Mit Illustrationen von Otto Ubbelohde
Fünf Bände in Kassette
it 2151. 1688 Seiten

Deutsche Sagen
Hg. von den Brüdern Grimm
Mit Illustrationen von Otto Ubbelohde
Zwei Bände im Schuber
it 481. 704 Seiten

NF 22/4/4.00

Kinder- und Hausmärchen,
gesammelt durch die Brüder Grimm
In drei Bänden
Mit Zeichnungen von Otto Ubbelohde
it 829. 991 Seiten

Hermann Hesse

Kindheit des Zauberers
Ein autobiographisches Märchen
Handgeschrieben und illustriert
von Peter Weiss
it 67. 124 Seiten

Vogel. Ein Märchen
Illustrationen Gunter Böhmer
it 2399. 60 Seiten

Die Märchen
it 2349. 428 Seiten

Bohumil Hrabal
Die Katze Autitschko
Erzählung
Mit Illustrationen von Hans-Jörg Brehm
it 2656. 144 Seiten

NF 22/5/4.00

